Meine Liebe zur Poesie; Das Wunderland der Worte

Translated to German from the English version of
My Love with Poesy

Philip Isukapati

Ukiyoto Publishing

Alle weltweiten Veröffentlichungsrechte liegen bei

Ukiyoto Publishing

Veröffentlicht im Jahr 2025

Inhalt Copyright © Philip Isukapati

ISBN 9789370092990

Alle Rechte vorbehalten.

Kein Teil dieser Veröffentlichung darf ohne vorherige Genehmigung des Herausgebers in irgendeiner Form oder mit irgendwelchen Mitteln, elektronisch, mechanisch, durch Fotokopieren, Aufzeichnen oder auf andere Weise reproduziert, übertragen oder in einem Abrufsystem gespeichert werden.

Die Urheberpersönlichkeitsrechte des Autors wurden geltend gemacht.

Dies ist ein fiktionales Werk. Namen, Charaktere, Unternehmen, Orte, Ereignisse, Schauplätze und Vorfälle sind entweder Produkte der Fantasie des Autors oder werden in fiktiver Weise verwendet. Jede Ähnlichkeit mit tatsächlichen Personen, lebenden oder verstorbenen, oder tatsächlichen Ereignissen ist rein zufällig.

Dieses Buch wird unter der Bedingung verkauft, dass es ohne vorherige Zustimmung des Verlags weder im Wege des Handels noch auf andere Weise verliehen, weiterverkauft, vermietet oder anderweitig in Umlauf gebracht werden darf, und zwar in keiner anderen Bindung oder mit keinem anderen Umschlag als dem, in dem es veröffentlicht wird.

Für den Leser

Oh, du erfüllst den Gedanken des Deinen, während ich für dich schreibe. Oh, du trinkst Überfülle: zwinge mich, unaufhörlich "das Vielfältige" zu schreiben. In Kürze, du all meine Gedanken! Oh, du begrenzt meinen Geist, während meine Gedanken für dich grenzenlos sind!

Jede Zeile meines Gedichts ist gefangen von Dogma, Nationalismus, sozialer Gerechtigkeit, Nostalgie, Unbeschwertheit, platonischer Verbundenheit, Festlichkeiten; Liebe und Romantik. All das, was dich gefangen nimmt, um in meiner Welt gefesselt zu werden: Meine Liebe zur Poesie.

O Leidenschaft! Du großer, doch lass dich heraus, um die Seelen der Poesie zu sättigen. Meine Liebe zur Poesie schreibt jeden Buchstaben, um deine Vorstellungskraft mit einer zwingenden Emotion zu buchstabieren, und erhellt wirklich die komplexeste Vorstellung zu einer Realität. Die grundlegendsten Elemente sowohl der wahrnehmbaren als auch der nicht wahrnehmbaren Soziokultur miteinander verflechtend; darüber hinaus die Gefühle selbst veredelnd, welche die Grundlage aller sozialen Werte bilden. O Fantasie! Verbreite dein Wort zu seinem; ihrer Seele.

Inhalt

Der Dichter	1
Tränen des Hungers	3
Vater Meine Liebe - 1	6
Ein Waisenkind	6
Vater Meine Liebe - 2	8
Ein Waisenkind	8
Vater Meine Liebe - 3	10
Ein Waisenkind	10
Vater Meine Liebe - 4	12
Ein Waisenkind	12
Vater Meine Liebe - 5	14
Ein Waisenkind	14
Vater Meine Liebe - 6	16
Ein Waisenkind	16
Vater Meine Liebe - 7	17
Vater Meine Liebe - 8	18
Vater Meine Liebe - 9	19
Vater Meine Liebe - 10	20
Eine Mutter's Stimme - 1	22
Eine Mutter's Stimme - 2	24
Eine Mutter's Stimme - 3	25
Eine Mutter's Stimme - 4	26
Mutter, meine Liebe	27

Ein Mädchen	29
Einheit der Farben	31
Kerzen des Friedens	34
Ein großartiges Diwali-Fest	34
Holi	36
Ein Farbenfest aus Indien	36
Weihnachtslieder zum Singen - 1	39
Weihnachtslieder zum Singen - 2	40
Weihnachtslieder zum Singen - 3	41
Covid-19	43
Ein Exodus in die Geisterstadt	43
Armreifen	46
Ein göttlicher Rhythmus	46
Frau oder Königin?	48
O Amiga	49
Fußkettchen	51
O Schmerz! O Freude! O Schrei!	53
Eine Fee zum Tanzen	56
Schmerz Deines Herzens	60
Ein Hauch von mir	61
Umarmung Und Ewigkeit	63
O Deine Verbindung	65
Suche nach dir	67
Ein Bild der Wildnis	68
Verehrer der Jungfrau	69
Eine Zeile in meinem Sonett	71

Tränen im Wind	72
Die Prinzessin! O Prinz!	73
O Aish! Oh, ein Traum!	74
Der Krug Und Wein	76
Die Dame einer Nacht - 1	78
Die Dame einer Nacht - 2	80
Die Dame einer Nacht - 3	81
Die Reise	82
Flüstern in der Lagune	84
Ein Niemandsland	86
Verwirrt	87
Der Fußballer	88
Kaffee und Romantik	90
Jemand, den ich kenne	93
Jubiläum	96
Eine Blume für meinen Freund	98
Eine sehnsüchtige Wartezeit	100
Eine Prüfung	102
Vorhänge des Westens	104
Freude an Worten	105
Erstaunliches Dich	106
Fliege wie ein Schmetterling	108
Ein fremder Freund	110
Der Experte	112
Der Künstler	114
Ein Hungerschrei - 1	116

Ein Hungerschrei - 2	118
Ein Hungerschrei - 3	120
Ein Hungerschrei - 4	121
Ein Hungerschrei - 5	123
Ein Hungerschrei - 6	125
Ein Hungerschrei - 7	127
Ein Hungerschrei - 8	128
Ein Tag Nr. 24	129
O Spiegel	131
O Ströme	132
O Liebe! O Paradies!	133
O spanische Vokale	135
Flattert im Wind	137
Innerer Raum	139
O Jugend! O Hübsch!	141
O Natur! O Fülle!	143
Meine Trancen tanzen	145
Der Dichter	150

Philip Isukapati

Der Dichter

Alles, was dich beschreibt:
Wildheit seines großen Fells,
Und der Duft der halb duftenden Wälder.

Alles, was dich beschreibt:
Feurige Winde in einem Evangeliumsgesicht.
Und Feentränen im Regen.

Alles, was dich beschreibt:
Ein seltener purpur-grüner Himmel,
Und Liebe einer Wildwindrose.

O du, der Geist der Welt!
Du kennst dein Volk,
Und kenne ihre Dogmen.

O du, das Gefühl des Herzens!
Du predigst Ketzer,
Doch dich "die Orthodoxen."
O du, der Geist der Welt!

Du sprichst deine Worte behutsam,
Und setze Wörter in Verse.

O du, das Gefühl meines Herzens!
Du bewunderst Kunst und bereicherst die Kultur.
Und schreibe das Unauslöschliche während Trance-Musik.

Dein Worteszauber beschreibt den Himmel;
Deine Geschicklichkeit ersinnt einen Besitz.
Wie ein Wasserfall fließt du, Gedanke;
Wie ein schöner Jüngling, du nimmst uns alle gefangen.
Eine Illusion zur Täuschung;
Eine Halluzination zur Wahnvorstellung, du definierst alles.

Du lebst pastoral, aber du bist das Moderne;
Du berührst die Wolken oben und darunter.
O du, der Sprecher der Sprache des Volkes!
Da die Stärke deines Geistes lebt...
O du, der Schreiber des Himmels und der Erde!
Du lebst in der Vergangenheit, Gegenwart und Zukunft.

Philip Isukapati

Tränen des Hungers

O Tränen des Hungers!
Ungeflossene Wasser zu den lebenden Stämmen:
Ihre Blumen verwelkten;
Ihre Anwesenheit blieb unbemerkt.
Bienenstöcke gingen zugrunde;
Schmetterlinge würden niemals schweben über...
Es ist alles aufgeblitzt im Garten des lebendigen Elends.

O Tränen des Hungers!
Wenn die begehrten Gedanken
Verdunkle eine helfende Vision.
Zur Verstärkung ungerechter Verbitterung.
Die Verletzlichen leben im Grab der Erde.
Selbst die begrabenen Toten sind sicherer,
Denn sie kennen keinen Hunger!

O Tränen des Hungers!
Ein Zaubererwunsch von bösartigen Gedanken;

Jezebels Wunsch, sich hinzugeben
Zu ihrer schamlosen Niedertracht;
Die bösen Taten des Standhaften;
Unveröffentlichte Werke falscher Ikonen
Soll Ethos in die Vergessenheit der Welt werfen.

O Tränen des Hungers!
Selbst die Gabe der Witwe und das Almosen des Bedürftigen
Erkenne die Wahrheit einer sündigen Tat.
Als der Name der unerwünschten Kultur; Modernisierung,
Koexistiere für die offensichtlichen dunklen Taten
In den Klagen der verlorenen Hoffnungen als wahres Übel zu leben:
Oh, die plüschige Erlesenheit ist unbewertet; unbestraft.

O Tränen des Hungers!
O Tränen des Hungers!
Du lebst tief, tief in unseren Herzen; tief in unseren Schreien!
O Tränen des Hungers! Sie weinen! O Tränen des Hungers! Sie weinen!

Verboten und verwelkt oder verwelkt und verboten,

O Tränen des Hungers! Sie weinen! O Tränen des Hungers! Sie weinen!

O Tränen des Hungers, O Tränen des Hungers! Ich weine!

Vater Meine Liebe - 1
Ein Waisenkind

Meine Wege ziemlich nomadisch beschreitend,

Ich bin eingeschlafen und erfroren...

Auf der Suche nach jemandem zum „lieben"

Ich wandere in den fernen Bergen.

Die vorüberziehenden Chancen verpassen,

Ich gehe an den Ozeanen vorbei-

O Vater:

Ich singe und tanze "nomadika."

Ich gehe an der Wildnis vorbei;

Suche nach jemandem, den du „liebst".

Ich gehe an der Wildnis vorbei;

Erreiche den Himmel, um die Wolken darüber zu halten.

Ich werde ziemlich nomadisch;

Suche nach jemandem " Liebe."

O Vater! O Liebe!

Auf der Suche nach dir "O Göttliche(r)."

O Hölle! O Himmel!

Auf der Suche nach dir "O Göttliche(r)."

O Vater! O göttlich!
Ich suche dich! Ich suche dich!
Mein Herz! Mein Schrei!
Ich suche meine Liebe "O Vater!".

Vater Meine Liebe - 2
Ein Waisenkind

Auf der Suche nach jemandem "Liebe":
Ich vergehe viele Jahre,
Aber ich kann deinen Aufenthaltsort nicht erraten;
Lebe hoffnungslos und elend.

Auf der Suche nach jemandem "Liebe":
Ich schlafe auf dem Sand
Während ich mit den Steinen spreche;
Einschlafen und erstarren.

Auf der Suche nach jemandem "Liebe":
Ich höre wilde Brüllen des Dschungels,
Fürchte die gefürchteten Donner des Himmels;
Buchstabiere deinen Namen wild und laut.

Auf der Suche nach jemandem "Liebe":
Ich lebe verlassen und niedergeschlagen
Umherwandern und staunen,

Während ich in der Wildnis lebe, um mich zu verstecken!

Geier der Vergangenheit fraßen mein Getreide

Während Straßen und Schmutz mein lebendiges Zuhause.

Da ich ein Waise bin,

Sehnsucht danach, jemanden zu sehen, den man "liebt".

Niedergeschlagen in der Tiefe oder verlassen,

Dich nicht einmal in meinen Träumen zu finden,

Ich streife unter dem Tier umher.

Vater! Fürsorge, Liebe; Nahrung sind alles, was mir fehlt.

"Vater", ohne dich herrscht Elend.

Ich bin ein Waisenkind, aber auf der Suche nach dir, o Vater!

Oh, du im Universum:

Die Antwort findend, verblasse ich!

Vater Meine Liebe - 3
Ein Waisenkind

O allmächtiger Vater!
Dein Name hallt wider:
Meine unaufhörliche Suche " unermüdlich "
Während meine Entbehrung "irreparabel".

O allgegenwärtiger Vater!
Ich bin zu jung, um ein Leben zu führen.
Doch du fühlst nicht einen Schrei "meinen Schrei"
Von einem Waisenkind, das ein Gassenjunge genannt wird.

O allmächtiger Vater!
Kein Essen; kein Bett,
schlechte Gesundheit; niemand
Da ich benachteiligt bin; unterprivilegiert.

O allgegenwärtiger Vater!
Ich wirbele im verdorbenen Bösen.
Da deine Entbehrung unerträglich ist:

O Seele! Meine Seele! Du nimmst meine Seele fort!

O allmächtiger Vater!

O allgegenwärtiger Vater!

Deine Wege verbergen sich, wie du dich verbirgst

Von einem Waisenkind, das ein Gassenjunge genannt wird.

Vater Meine Liebe - 4
Ein Waisenkind

Ich erklimme den Berg des Friedens
Auf der Suche nach deiner Liebe, o Vater!
Doch all meine Träume verblassen,
Da ich keine Spuren von dir wahrnehmen kann...

In der Trostlosigkeit dieses Mondlichts
Auf der Suche nach deiner Liebe, o Vater!
Ich fluche, während ich fluche,
Während das Verblassen der Hoffnung entschwindet.

Während ich mich umdrehe, um den Berg hinabzusteigen,
Ein Fremder des Himmels
Im goldvergoldeten Gewand
Steht still; ragt über die Himmel hinaus.

Sein Antlitz berührt die Wolken,
Und seine Schultern bedecken die Sonne.
Wie der wahre Gott des Universums,

Fühle dich! O Illusion!
Ich erkenne mein anderes Ich; ich schreie laut.
"O Vater, meine Liebe... O Vater!"
Ich kann mich nicht halten; falle ihm zu Füßen:
Gefallen und erstarrt!

O mächtige Kraft!
Nimm mich in deine Hände;
Hebe mich zu den Wolken empor
Während ich dich fessle, um deinen Geist zu verzaubern.

Ich schlafe ein; erstarr!
Meine Sinne erwachen wieder zum Leben
Während ich sein Antlitz sehe, das meines verbirgt...
Oh, er hebt mich zum Mond empor!

O Wunder! O Himmel!
Ich lebe einen Traum,
Ein Traum, der sich nach dir sehnt:
O Traum! O Himmel! O Vater!

Vater Meine Liebe - 5
Ein Waisenkind

O Vater! O Wunder!

In einem wilden Windstrom mächtiger Füße;

In Einschüchterung und Gemurmel...

Ich stehe lebendig wie der Stamm einer Rebe.

Auf der Suche nach Vater-meine-Liebe!

Meine Sinne erwachen zum Leben,

Während Wolken mich in Frieden wiegen.

Der Angst entsagend, trete ich dir mutig entgegen;

In einer überschwänglichen Stille suche ich,

"Begründung, meinen Vater zu verlassen?"

In Tiefen, wenn ich zweifle,

Mich zum Himmel hochschleudernd,

Du fängst mich zurück

"Zu antworten 'dein Vater: O dein Schild.'"

O Vater! O Wunder!

Du zauberst einen tiefen Duft

Während ich dich suche, o suche dich!

O Vater! O Wunder!

Tief in meinen Gedanken versinke ich in Trance...

Ich weine! Ich suche! Nur für dich!
Oh! Wie der Stamm einer Rebe stehe ich lebendig.

Vater Meine Liebe - 6
Ein Waisenkind

O Engel! O Himmel! Du hörst...

O Vater! O Liebe! Ich suche...

Der Geist der wahren Liebe, nach dem ich trachte,

Da ich eine hilflose Seele bin, o Vater!

Lass dich ein endloses Symbol sein;

Sei du der Geist des Lebens.

Lass deine Tränen für mich fallen;

Lass den Regen des wilden Windes für mich fallen.

Lass deinen Zorn über Ungerechtigkeit,

So wild wie ein Donner, brülle für mich.

Wie ein Adler fliegst du für mich;

Wie ein Engel sorgst du für mich.

O Seele! O Vater! Du lebst für mich

Wie dein Geist der wahren Liebe für mich existiert.

O Engel! O Himmel! Du hörst...

O Vater! O Liebe! Ich suche...

Der Geist der wahren Liebe in dir, den ich suche,

Da ich eine hilflose Seele bin, o Vater!

Vater Meine Liebe - 7

O Vater...
Dein Opfer in der Unendlichkeit;
Dein Vertrauen birgt Unendlichkeit.
O Vater...
Der allmächtige Löwe in dir;
Der König der Könige in dir.
O Vater...
Meine Stimme durchdringend;
Du, die/der Kostbare, ich teile mit...
O Vater...
Du der Anfang,
Oh, du das Ende meiner Welt.
O Vater...
Deine Liebe größer, mächtiger und beständig
Wie die Sonne, der Mond und die Erde.
O Vater...
Gruß an dich in deinem Universum,
O Universum! Nach dir benannt, „O Vater."

Vater Meine Liebe - 8

O Vater!

Mein Zorn auf dich,

Entfällt deinem Gedächtnis, obwohl du allmächtig bist:

Oh, du rufst nach mir "Vater".

Unzählige Male dein unfassbarer Schmerz;

Deine Schreie sind nicht wahrnehmbar.

Wie du Schmerz verbirgst, um mir Freude zu bringen.

O Vater!

Ich genieße duftende Blumen deiner Vielfalt;

Gewaltige Dinge der Welt:

O mein Pfad! O Vater!

Du definierst eine Mutter, eine Schwester; einen Bruder als Champion

Während du diese Welt in ihrem Jenseits definierst.

Wow! Großartig ist dein Verstand; prächtig ist dein Charakter.

Vater Meine Liebe - 9

O Vater! O Liebe!
Betitle dich "der unbesiegbare König"
Da deine Liebe unbesiegbar ist.
Niemand kann jemals deine Liebe besiegen,
O unbesiegbarer Liebhaber!
Du ein Hauch, o mächtiger Vater!
Mein Versagen erfüllt sich in Hoffnung;
Mein Erfolg bringt Freude.
Meine Schreie machen dich stark;
Meine Freude lässt dich tanzen.
Du lebst immer für meine Hoffnung;
Es gibt niemanden, der meine Hoffnung lebt.
Ich durchsuche sogar die Himmel,
Es gibt keinen wie dich, o Vater;
Es gibt keinen wie dich...

Vater Meine Liebe - 10

Da ich...
Dein alles auf der Welt...

Oh, der König der Könige;
Eine unmarkierte Majestät,
Du lebst in meiner Seele.
Ich sage dir, o Vater!

In den verlassenen Wüsten...
Du trägst mich auf Schultern;
In den bösen-grausamen Gewässern,
Du segelst sicher für mich.

Die starken, unwiderstehlichen Winde,
Du widerstehst für mich, o Vater!
Die Wildnis meines Schicksals,
Du gewinnst für mich, o Vater!

O Vater! Du hättest gelebt:

Jünger, fröhlich; stärker,
Aber all das, was du opferst:
Zeit, Reichtum, Glück und Alter;
Endlich stirbst du für mich, o Vater!
Als du ein lebendiger „Gott" bist,
In meiner Tiefe lebst du, Vater.
Wie du für mich lebst bis zu deiner Asche,
Dich " die Existenz der Welt."

Eine Mutter's Stimme - 1

O Kind!
Grenzenlose Liebe für dich;
Meine grenzenlose Liebe für dich.

Bis zum Ende der Jahreszeiten;
Bis ans Ende der Ozeane,
Warten auf Lächeln, die vorbeikommen...

Ich bin auf den Wellen der Nostalgie.
Sich fragen oder umherirren
Wie Liebe einen Neugeborenen umhüllt.

Lass die Himmel die Wahrheit sprechen
Von einem erlesenen Gedanken über dich
Dass es niemanden ohne dich gibt.

Ich höre, wie der Himmel spricht;
Es spricht im Donner
Von meinem kleinen Kind, o meine Seele!

Egal was es sein wird,
Ich gehe für dich, wie ich für dich einstehe,
Oh, bedingungslos für dich zu leben!

Dort am Himmel fliege ich für dich...
Oh, keine Welt ohne dich!

In eisiger Kälte laufe ich für dich;
In der sengenden Hitze lebe ich für dich.

In düsteren Wäldern lebe ich für dich;
In den tiefen Ozeanen fahre ich für dich Ski.

O Kind!
Grenzenlose Liebe für dich;
Meine grenzenlose Liebe für dich.

Eine Mutter's Stimme - 2

Ich sehe Vögel über wunderschönen Blumen schweben.
Unerbittlich schwingend in Feenwinden.
Als die neue Stimme befiehlt,
Sie begrüßen sie und singen den ganzen Tag.
Während Blumen sich neigen, um ihren Honig zu nähren,
Sie weint stark und sehr stark!

Wolken enthüllen die Segnungen des Himmels,
Doch sie weint nur um ihre Mutter,
Und nach der Berührung ihrer Mutter.
Dass ihre Mutter näher kommen wird
Sie tief in ihrem tiefen Schlaf zu kuscheln;
Sie in ihrem süßesten Traum zu umarmen!

Nach einer vorüberziehenden erstarrten Wildnis,
Sie lächelt und lacht "eine paradiesische List!".
Sie tröstet ihre Stimmungen in der Stimme ihrer Mutter
Während Umarmungen ihrer Mutter sie verwöhnen.
Während sie ein wunderbares Lied der Freude singen;
Danach weint sie wieder eine Weile!

Eine Mutter's Stimme - 3

Oh, mein kleines Kind...
Ich bringe mich selbst zum Lächeln und Lachen
Aber es gelingt nicht, dich zu...
Ich tue so, als ob ich weine.
Nur um dich zum Lachen zu bringen,
Oh, mein kleines Kind; Herz meines Lebens.

Oh, mein kleines Kind...
Während Nächte "ein schattiges Dunkel" verbergen,
Ich mache mein Bett, bevor ich einschlafe;
Mitten im Schlaf aufwachen:
Ängstlich und schlaflos
Dich lange zu verehren...

Gefühl meiner innigsten Momente
Ist exotisch, aber wahr!
Ich fange an, Saiten zu mögen,
All das hat in der Vergangenheit nicht funktioniert.
Während die Liebe sich ausbreitet und näher kommt,
Zu nah, um dich zu umarmen!

Eine Mutter's Stimme - 4

Ein Kaffee zum Trinken

Während ich dieses Lied, zur Abwechslung mal singe!

Ein wenig verwirrt in meiner Seele,

Ja, keine Antwort "warum?".

Ein duseliger Nebel gefriert einen Morgenglanz.

Ließ mich erschaudern bis zu den "göttlichen" Schauern.

Ein schreckliches Gefühl verfolgt mich schon lange.

Ließ mich eingeschüchtert und entmutigt zurück.

Weder die Berge durchwandern

Auch nicht in einer verschwenderischen Tour schwelgend

Kann mir meinen Frieden zurückbringen.

In meinen Augen lebte die Trauer

Bis zur Liebe meiner Mutter "unverändert."

Hey, meine Freude, so sehr!

Philip Isukapati 27

Mutter, meine Liebe

O Wunder! Du kommst näher;
O Blitz! Du sagst es "kühn."
O Donner! Du Echo ihren Namen;
O Worte! Sei wahrhaftig.
O Ruhm! Du verfolgst ihren Namen;
O Spur! Du zierst ihren Namen!

Lass die Ozeane deinen Namen brüllen
Wie Winde deine Segnungen tragen;
Lasst die Mächtigen aller sprechen:
O Worte! Du sei treu;
O Ruhm! Du verfolgst ihren Namen;
O Spur! Du ehrst ihren Namen.

O Liebe! Meine Stütze,
Du wachst; beschütze mich vor dem Bösen.
Die Zeiten meiner Kindheit
"Ein Traum von mir,"
Die liebevollen Liebkosungen deiner Augen

Mache meine Seele zufrieden "O deine Fülle."

Lass die Ozeane deinen Namen brüllen
Während Winde deine Segnungen tragen;
Lasst die Mächtigen aller sprechen:
O Worte! Sei wahrhaftig;
O Ruhm! Du verfolgst ihren Namen;
O Spur! Du ehrst ihren Namen.

Während ich die Berge erreiche, suche ich dort.
Während ich hinabstürze, suche ich dort.
Wie du meine Seele in deinem Inneren trägst,
O Illusion! O Täuschung!
Keine Antworten, die ich habe,
Doch wisse, du bist meine lebende Legende.

Tränen vom Himmel können mir nicht antworten,
Noch Ahnungen des Besitzes können erläutern,
Da es niemanden gibt, der diese Kluft füllen kann.
O Worte! Du sei treu,
O Ruhm! Du verfolgst ihren Namen;
O Spur! Du nennst sie "die Mutter".

Philip Isukapati

Ein Mädchen

Wie ein Bergtau;
Wie eine zarte Blume:
Das Leben eines Mädchens!
Während die Zukunft,
Darauf auf eine andere Zukunft;
Die endlosen Zeiten zum Durchhalten
In menschlicher Fülle,
"Oh, das goldene Element", ein Mädchen.

Geh zum Mond oder geh zu den Sternen;
Schau in den Himmel oder schau unter seine Tiefe,
Ein Mädchen: die Entstehung.

Eine wahllose Voreingenommenheit und Hass;
Ein verschwenderischer Vergewaltigungs- oder Mordfall
Ersticke sie aus der Tiefe.
Ein böses Spiel der Natur mit ihrer Existenz
Hat ein unentbehrliches Feuer ersonnen;

Verwundbarkeit in einem endenden Morgen.
Morgen in der Wohlstandslosigkeit eines Mädchens
Eine Wüste ohne Hoffnung;
Eine Verwundbarkeit der Nachwelt!

Philip Isukapati 31

Einheit der Farben

Jai Hind du "Das Große Hindustan."

Oh, du Bärenvielfalt:

Sprachlich, Religiös, Glaubensbekenntnis und Glaubenssätze.

Oh, du Bärenvielfalt:

Ethnisch und rassisch, kulturell und ehelich.

Jai Hind dir "Das Große Hindustan."

Oh, deine vielfältige Pracht:

Die Einheit deiner 19556 Gesangsstimmen, achtundzwanzig Bundesstaaten

und acht Unionsterritorien;

Vielfältige Kulturen und ihre bereicherten Glaubensvorstellungen

Verflochten wie die Sonne, die Erde und der Mond.

Jai Hind du "Das Große Hindustan."

Oh, deine eisigen Winde zu den grünen Hochebenen;

Himmelberührende Berge zu immerwährenden Flüssen:

Deine Segnungen für dieses göttliche Land-
Wow! Wie wunderbar deine Kunst Gottes!

Jai Hind du "Das Große Hindustan."
O du! Deine Vielfalt:
Du gedeihst in Vielfalt, um Einheit zu verkünden.
O du! Deine Vielfalt:
Lass deinen Namen erhöht werden, denn du bist ein Inbegriff.

Jai Hind, O Hindustan:
Ein Land der Geduld, der Vergebung
und geistig göttlich;
Ein Land großer Tempel, Moscheen
und Kirchen;
Ein Land buddhistischer Klöster, Sikh-Gurudwaras,
und Jain-Tempel;
Ein göttliches Land großer Mönche, großer Rituale,
und ihre Experten.
Deine Flüsse fließen nach Westen, nach Osten
und der Süden;
Niemals eine Sekte, Religion oder Region
diskriminiert

Durch das Zusammenfügen aller Gebiete;
Die unendlichen Farben Hindustans vereinen
In Safran, Weiß, Grün und Blau
"Jai Hind!" O Hindustan! Jai Hind.

Kerzen des Friedens
Ein großartiges Diwali-Fest

Knapp über der Traurigkeit und dem Kummer,

Schweigen der Mitternacht verschwindet.

Als die Gesänge des Dorfes langsam widerhallten,

Ein brillantes Blitzen spät am Abend.

Während die Diyas des Friedens zu leuchten beginnen,

Menschenmengen warten darauf, den Geist des Festes zu zelebrieren

Wo erstaunliche Glitzer den Himmel erhellten;

Das Leben über der Dunkelheit erhebt sich in Freude!

Die Tötung des Geistes "eine echte Feier,"

Eine Feier der Gelassenheit;

Der Anfang des Wohlstands

Während die Lichter des Lebens in die Ferne schwinden.

Sie tötete den Geist.

Der Geist des Grauens;

Frauen im Spiegel bereit zum Abendessen,
Eine königliche Feier zum Töten des Geistes.
Das Böse wird im Paradies des Himmels getötet;
Die Göttin "uralt" tötete ihn für den Frieden.
Sie definiert ihre Stärke in der unbesiegbaren Weiblichkeit;
Einen Weg geebnet, um das Böse zu bekämpfen!

Während sie die unbesiegbare Stärke zeigt
Um das Biest zu töten und den Frieden zu bewahren:
Wir sind hier, um das Böse zu bekämpfen
Um die große Freude des Festes zu feiern!

Holi
Ein Farbenfest aus Indien

Oh! Mein Gottesland,

Erwecke eine weitere Offenbarung: die Farben vieler Kulte

und Religionen, singen wieder...

Um Flügel zum Himmel zu treiben, um eine Vereinigung einzuladen.

Während der Zauber des Regens auf Hindustan fällt,

Es bringt den Frieden zurück zu seiner Einheit;

Die Leute bereiten sich darauf vor, "die Farben der Einheit" zu feiern.

Marschieren auf den Füßen zur nächsten Flotte,

Die Dorfbewohner, in der reichen Kultur, Blumenerbe.

O ihr, hört die Gesänge aus der Ferne...

Wenn vielfältige und unermüdliche Stimmen "singen",

"Holi-Holi" den ganzen Tag lang...

Mittags färben die Leute die Verwandtschaft, während sie ihr Dorf mit Blumen schmücken.

Bis der Mond in die Schatten der Unendlichkeit
übergeht.

Gekrönt in den vielfältigen Farben der Einheit:

Die Damen des Himmels tanzen zusammen;

Sprich einen Zauber der Verwunderung.

Mythen und Legenden: in vielfältigen Schattierungen
neu geschrieben

Während diese Schönheit in Fettschrift geschrieben
ist.

Ein Freudenschrei dieses Festlichen hallt wider

"Oh, stehend über allem; über jeder Religion oder
Sekte."

O ihr!

Sie tanzen gemeinsam! Oh, sie tanzen:

Unverwundbar gegenüber jeder Religion oder Kultur;

Sie feiern...

Gemeinsam feiern sie;

Heule seine vielfältigen Kulturen

Eine Religion zu bilden, die über Hass und Vorurteile
erhaben ist.

O ihr!

Während Menschen die Lieder der Einheit singen

Um ihre Füße zu feiern,

Sie singen Lieder, um gemeinsam zu tanzen;

Wirf viele Farben an den Himmel über uns.

Während sie die Welt lernen lassen

Um dieses großartige Fest der Glückseligkeit zu feiern.

O ihr!

Die reiche Tradition und Kultur verbreiten,

Die Menschen dieses Himmelskörpers

In fröhlicher Stimmung sind sie überschwänglich-

Dass sie verschwenderische Nachsicht üben.

Wie sie es in Gold schreiben,

Und bewahre es für die Ewigkeit!

Weihnachtslieder zum Singen - 1

Du wirst von den Winden begrüßt

Um Melodien von Erlesenheit zu entfesseln.

Meine Liebe! O Jahreszeit!

Dir eine große Freude zu feiern:

Weihnachtsmann und ein Schneesturm

Auf den Traum dieser Weihnachtszeit.

Oh, ein Lied zum Singen

Den Klang einer festlichen Saite küssen;

In den Schoß eines heiligen Windes.

Der große, O schlanke! Über den Winter ragen; Frühling:

O Nadelbäume! Tanze deine Füße

Als Weihnachtslieder im Nu die Schwelle überschreiten.

O Freude! O Jahreszeit!

Diese Weihnachtsbäume stehen in ihrer vollen Größe.

Lade ein Wunder zu "deinem Weihnachtsfest!" ein.

Weihnachtslieder zum Singen - 2

O mächtiger Donner!

Du singst...

Fröhliche Weihnachtslieder in einem sternenfunkelnden Wunder!

O singe laut, während du Freude singst.

O Glückseligkeit; O Kuss! Klatsche eine Weile.

"Eine Zeit zum Dekorieren;"

"Ein Weihnachtsfest zum Feiern"

O Volk deines Heiligen,

Mach mit! Oh, schließ dich uns an;

Hören Sie sich diese Scheinheiligkeit an -

Oh, hört euch diese Scheinheiligkeit an;

Lasst uns singen, tanzen und heulen.

Oh, freue dich fröhlich, dein Heiliger:

Die Geburt des Himmelssohnes "des Christus".

Weihnachtslieder zum Singen - 3

Lass deinen Schatz mein sein,
Oder lass deinen Schatz der ihre sein,
Lob ist dein Name,
Als Freude ist dein heiliger Name.

Im zitternden Wind,
In den schimmernden Nächten,
Segen des Himmels regnen herab...
Die Feier dieser Weihnachtslieder in Freude.

Lass deine Geburt gefeiert werden,
Und dein Name sei erhöht.
Lass deine Herrlichkeit unsere Seelen erheben,
Und möge deine Geburt Erlösung bringen.

Deine Lieder zur Freude,
O du! Der Sohn Gottes.
Ein Weihnachtslied zum Singen,

Und ein feierliches Versprechen, deinen heiligen
Namen zu verbreiten.

Dein Name sei gepriesen,

Über der Sonne und dem Mond.

Bis ein weiteres Weihnachtsfest kommt;

Bis ein weiteres Weihnachtsfest kommt.

Philip Isukapati

Covid-19
Ein Exodus in die Geisterstadt

O mein Gott!

Tief in das Leben der Unschuldigen eindringend,

Ein Geist eines unfreundlichen wirbelnden Stolzes

Durch Schlagen, Zerfleischen und Zertrampeln.

Die Leiden der Unglücklichen eine Weile ohne Hoffnung lassen:

Der Himmel fällt zum Nadir der Erde.

Während Schatten zu den dunkleren Seiten hin tiefer werden.

O mein Gott!

Sie hat ein schamloses Gesicht.

Einen reichlichen "unglücklichen" in ihren Abgrund hineinzwängen.

Der Gekränkte blickt stattdessen zum Himmel auf.

Als sie entsetzt waren über die Wildnis ihres Schmerzes.

Während die Wahrheit sich selbst begräbt, wie sie sich in einem Kerker begräbt,

Es fühlt sich an, als wäre es ein schrecklicher Witz von jemandem!

O mein Gott!

Viele gefährdete während leiden

Auf unzählige Angst, Depression und Tränen!

Als die Elenden so laut und wild aufschreien,

Oh, jede Zählung ist von einem Kuss des Vampirs.

Hinterlässt einen tödlichen Fluch auf der gesamten Menschheit,

Als ob Wunder die Flüche eines höllischen Traums verwandelten!

O mein Gott!

Gestrandet und vernichtend geschlagen in der animalischen Heimlichkeit.

Sie versuchen, Häuser zu erreichen, die nicht näher sind.

In des Himmels Entbehrung,

Ihre Schreie werden gemurmelt, aber nicht gehört.

Oh, in Ermangelung ihres Lebensunterhalts,

Das warme Blut gerinnt eine gefrorene Erinnerung!

O mein Gott!

Der Kerker, der Leben belastet:

Unendlich und zahllos,

Aber diese Leben leben

Um Hoffnung zu regenerieren kämpfen:

Eine Hoffnung zu leben...

Und ein Kampf, um diesen Kerker zu begraben!

O mein Gott!

Tief in das Leben der Unschuldigen eindringend,

Ein Geist eines unfreundlichen wirbelnden Stolzes

Durch Schlagen, Zerfleischen und Zertrampeln.

Die Leiden der Unglücklichen eine Weile ohne Hoffnung lassen,

Himmel fallen zum Nadir der Erde.

Während Schatten zu den dunkleren Seiten hin tiefer werden.

Armreifen
Ein göttlicher Rhythmus

In der Wildnis einer traumhaften Welt:
Die antike Figur eines tanzenden Mädchens
In ein Reich der modernen Dame-
Schmücke dich mit glitzerndem Glanz
Von einem göttlichen Rhythmus, die Armreifen.

Glitzer deiner Hände;
Ein göttlicher Rhythmus
Sprich einen Zauber deines Geistes!
Ich versuche, mich an seine innere Anmut zu erinnern,
Doch mein Geist wirft eine atemlose Verzweiflung.

Vorbei an den Flüssen,
Ich höre dein Lied:
Oh, ein göttlicher Rhythmus deiner Armreifen.
Deine Hände tanzen, denn sie verzaubern
In einem wilden Flötenzauber deines Waldschattens.

O Armreifen:

Ein Glitzern von Trance in deinem göttlichen Rhythmus,

Ein Zauber der Seele in deinem göttlichen Rhythmus;

Eine Hoffnung der Liebe in deinem göttlichen Rhythmus:

O göttlich! O Schatz! O meine Seele!

In Gold lädst du mich zum Mond ein,

In Blau lädst du mich zu den Wolken ein;

In Rot, dein Bindy sammelt Worte.

Deine so überreiche Liebe ist majestätisch;

So nah, o du bist mein!

Als meine Seele von deinem Rhythmus gefangen wurde,

Ich plappere einen Gesang, um dich zu meinem zu machen

Während alles glitzert, reimen deine Armreifen.

Im Aufruhr des Himmels,

Ich bin verzaubert; versklavt! O du bist mein!

Frau oder Königin?

Ihre wunderbare Existenz erläuternd,
Sie steht da in ihrer erlesenen Schönheit.
Zum Stolz des Himmels wandern,
Sie trägt die Krone ihrer Anmut.
Viele stolzieren, um sie zu beeindrucken;
Sie steht still und bewahrt ihre Ruhe.

Sie ist nicht von einer anderen Gnade
Aber aus einem Inbegriff sanfter Nachsicht.
Jemand könnte "ihre Identität" missbilligen
Während die anderen sie in Gold schmücken;
Jedoch erfreue ich mich an ihrem Namen.
Als wäre sie eine Figur aus dem Wunderland.

Ätherisch, oh sie ist...
Obwohl das Thema der Welt.
Zeit, sie für immer zu benennen;
Segne ihren Namen im glitzernden Mond.
O segne ihre wunderbare Seele;
Nenne sie "die Königin".

Philip Isukapati 49

O Amiga

Das Biest versteckte sich, um zu jagen.

Er, der Jemand der Dunkelheit, lief so tief.

Der heimliche Jäger gewann eine beeindruckende Sterblichkeit.

Als er sie in einer beängstigenden Erinnerung zurückließ.

Sie war ohnmächtig und entmutigt!

O Freundin...

Und für immer Amiga!

Die Natur war hart zu ihr;

Das Wilde war niemals gütig.

Engel schauen hilflos zu:

Die Handlungen einer Jagd eines wilden Tieres.

O Freundin...

Und für immer Amiga!

Du warst ergreifend, O Amiga!

Das Wilde des Tieres,

Nahm sie in seinen Besitz

Um seinen wildesten Wunsch zu erfüllen!

Ich schrie auf, konnte aber nicht retten...

Oh, in der Wildnis, wie ich finden würde...
O Freundin...
Und für immer Amiga!

Die Tarnung war unbekannt;
Das Biest war unfreundlich.
Er wirbelte sie herum, um zu vernichten.
Der Traum von meiner Amiga.
Oh, in der Wildnis, wie ich finden würde...
O Meine Amiga...
Und für immer Amiga!

Die Dunkelheit verblasste nie,
Als Wehklagen niemals ihren Weg beendeten.
Stimmen erhoben;
Kerzen überflutet.
Oh, in der Wildnis, wie ich finden würde...
O Freundin...
Und für immer Amiga!

In Gedenken an Dr. P. Priyanka Reddy,
Wer wurde brutal vergewaltigt; ermordet in
Hyderabad (Indien) im November 2019.

Philip Isukapati 51

Fußkettchen

O Fußkettchen...
Spät in jener einsamen Nacht
Als es dunkler wurde; dunkler,
Ich konnte deinen Namen spüren;
Ein göttlicher Rhythmus - oh, meiner!
Oh, Berührung deiner Tiefe
Als du mir näher kamst.
Über deinen Rhythmus nachsinnend,
Oh, du mein Gemachtes!

Ich überquerte einen Bach.
Durch die tiefen Wälder in meinem Traum.
Ich konnte einen bekannten Rhythmus spüren; mein Traum,
Aber es war ein Schlag auf meinen Kopf
Als ob ihre Schmerzen auf meiner Brust lägen.
Hey, habe das Netz in der Nähe verfolgt;
Verfolgte die Fußkettchen "eine Liebe von mir."
Oh, mein Herz ist gebrochen!

Als das Untier dich in die Tiefe jagte...
O Liebe...
Schwer wiederzubeleben
Aus deinem pathetischen tiefen Inneren.
Oh, gejagt in der Wildnis;
Jagte tief sein virulentes Geschick.
Obwohl dein Schrei erbärmlich war,
Hoffnung lebte in der reichen Dunkelheit.
Spürte deinen Rhythmus, o Herz,
Wie deine Fußkettchen meinen Traum beschützten!

Resonierend all deine Stimmungen,
Diese Fußkettchen sind dein;
Ein sanftes Zucken deines Göttlichen
Hat einen Rhythmus in meinem Herzen erschaffen.
Oh, Schlüssel zu meinem Herzen;
Ein Alarm bei Verwundbarkeit.
O Rhythmus! Du bliebst am Leben,
Als diese Fußkettchen:
Gottes eigenes Geheimnis!

Philip Isukapati 53

O Schmerz! O Freude! O Schrei!

Im Garten stehend,
Jemand in der Tiefe; ein vergessener Traum,
Versuch mit meiner Seele zu sprechen...
Tiefe, die ich in meinem vergessenen Traum fühle,
O Schmerz! O Freude! O weh!
Du besuchst alle; besuche mich jeden Tag.
"Schmerz" dein Weggehen!
"Freude" sei dein Andenken!
"Beweine" deinen Verlust!
Im Garten stillstehen:
Bis du "Schmerz" wegnimmst,
Bis du "Freude" wegnimmst,
Und bis du "Schrei" wegnimmst.
Meine Seele! O Herz!
Höre auf die Winde!
Oh, weit weg sagen sie!
Oh, sie bleiben weit weg!
Auf die Zahlen zählen;

Zähle die Worte, die du sprachst!

Es lebte ein Traum, oh wunderschöner Traum,

Aber nun geht mein Herz in die Irre:

Ein zu tiefes Abdriften in die Wildnis...

O Schmerz! O Freude! O weh!

Wie weit bist du?

Wie weit ist dein Karren?

Mein Herz müht sich ab, während es blutet

In einen Schrei; einen gefrorenen Schrei!

O Schmerz! Ich trage;

O Freude! Ich ertrage.

O weh! Ich kann "Oh, nimm mich fort, O Schrei!" nicht ertragen.

O Schmerz! O Freude! O weh!

Nimm meine Seele mit...

In deine Ebenen, o Herz!

In deine Ebenen.

O Sommer! O Winter!

Warte, mein Herz wird zurückkehren,

Warte, bis mein Herz nicht mehr s-s-schluchzt!

Wisse, dass ich der Schmerz, die Freude bin; weine

Wisse, dass ich schluchzen werde, bis mein Herz stirbt!

O Sommer! O Winter!

Ich singe "mein Herz stirbt nicht,"

O weh! Du lebst in meiner "Freude".

Dann schluchzt mein Herz "stirb!".

O wilder, wilder Traum!

Ich schleppe mich zu einem weit entfernten Streuner-

O fühle! Ich fühle!

Ich renne; ich fliege!

O Schrei meines Herzens!

Oh, tief in deine! Du schwankst davon:

Einfach nur weggehen...

Ich renne; ich fliege

O Schrei meines Herzens!

O Freund! O mein tiefer Freund!

Du gehst vorbei wie eine Brise, so mein Atem.

O Freund! O mein tiefer Freund!

Du lässt einen Wind fahren, also mein mühsamer Gang.

O Freund! Beide haben deine Träume,

Erzähle mir deine Wege, um fortzugehen...

Ein wenig fern von Schmerz, Freude und Weinen!

Eine Fee zum Tanzen

Nicht allein, aber ganz allein

Während ich mit einer Fee zusammen bin.

O Einsamkeit! Du nicht heimsuchen

Während ich mit einer Fee zusammen bin.

O Fee! Ich bin nicht einsam

Während ich mit einem "tränenreichen" in der Nähe bin.

Steh weit weg, eine Meile entfernt

Während du dich meinem Lächeln näherst.

Immer noch einsam! O Herzschmerz!

Ich lief eine weitere Meile weit weg.

Als du näher kamst,

O Segel! Ein einsames Segel; O mein Herzschmerz!

Grüne Weiden während trockene Blumen;

Trauer im Schmerz, O trockene Tränen!

Tage der Vergangenheit „ein unerfüllter Traum,"

O Einsamkeit! Du bist nicht mein Traum.

Ich tanze mit einer Fee.

Wie es in den Tagen der Vergangenheit war.

Eine zärtliche Nacht verbrachte meine Liebe;

Tief in ein Vergessen eingedrungen.

O weh! Ach, weine meine! Wartete und schluchzte,

Verwelkt und beschattet bis zu meinem Schrei
„trocken."

Oh, lass die Liebe in all meinen Träumen nicht
weinen!

Die Nacht bei dem Biest,

Oh, sie weinte; ihr Schrei...

Nahm einen Abschied wahr:

Ein sehnsüchtiges Gesicht; ihre verwandelten Tränen,

O mein Herzschmerz!

Siehe! Sie hielt meine Hand fest.

Ein Schrei; ihre Tränen schreien,

Ich ertrage nicht, aber vernehme einen Schrei.

O weit hergeholter Traum-

Du hinterließest einen Dorn,

Doch ließ ich meine Fee in einem Sturm zurück.

O Einsamkeit! Nicht allein, aber ganz allein

Während ich mit einer Fee zusammen bin!

O Junge! O Blüte!

Ich bin am Teich; einem Teich am entfernten Ende.

O gelassen! Sie kommt ruhig,

O Blumenstrauß! Du lädst meine Poesie ein

Von dem Stand dieser schönen Jungfrau.

Meine Äußerungen, o mein Schicksal,

O Jungfrau! Du begräbst mein Schicksal!

O Glück; dein Schicksal,

Oh, verschwinde die Tafel meiner Jungfrau.

In meinem Schicksal, oh Tafel meiner Jungfrau!

O Jungfrau! Verschwinde von meiner Tafel!

O weh! Sie hören nicht auf an meinem Tor

Bis zum Ende lachst du über mein Schicksal.

Oh, mein Fräulein auf dem Heimweg

Zur Vergessenheit eines verlassenen Heims!

O Junge! O Blüte!

Während ich mit einem "tränenden" Auge umhergehe.

O wie weit hergeholt! Warte, bis ich an der Reihe bin,

Da ich am äußersten Ende des Teichs bin.

O Winde! Du sollst ihr nicht nachspüren...

Ich laufe zu meinem Nächsten; ich laufe zu meinem Fernsten.

O Leben; O Fräulein!

Ich gehe in den Westen; ich laufe zum Besten...

O Winde! Verfolge sie immer noch nicht!

In meinen Zwanzigern besuchte ich den Teich!

In meinen Neunzigern komme ich immer noch zum Teich!

O Junge! O Blüte!

Ich bin am Teich ganz am Ende.

O wie weit hergeholt! Warte am Ende des Teichs.

O Jungfrau!

Ein Schrei, oh Schrei, den ich schreie...

O Jungfrau!

Wie weit ist "weit", und mein Segel in den Winden!

O Jungfrau!

Wo ist mein " weit?" während ich in meinem Boot segle.

O Jungfrau!

Warum hast du deine ferne Segelfahrt nicht preisgegeben?

Ein Schrei, oh Schrei, den ich schreie...

Ein Schrei, oh Schrei, den ich schreie...

Schmerz Deines Herzens

O Seele! Eine kleine Seele!

O Schmerz! O Herz;

Eine Melodie für eine Nachtigall.

O Blick! O Liebe! O Bindung!

Du verbirgst einen Weg in einem schrägen Nebel.

O ihr! Der Blick des Mondes;

Mein Seelenverwandter…

Oh, wirst du nicht zuhören?

"Das Lied deines Geliebten."

Oh, wirst du nicht zuhören?

"Das Lied deines Geliebten."

O ihr! Der Blick meines Herzens,

Du durchquerst den Nebel des Berges.

O Lied! Herzschlag meines Seelenverwandten;

Du überquerst die Straße mit einer Drehung.

O Verschwender! Deine Berührung der Winde;

Eine Reise ohne meinen Seelenpartner

Hinterlässt einen Abgrund in dein Unbekanntes.

Dort in einer sternklaren Nacht,

Erweckt dich ein Ruf "mein".

O Seelenverwandte! Nicht meins verlassen.

Philip Isukapati

Ein Hauch von mir

Einblicke in meine Gedanken,
Fühle dich wie ein Hauch von mir.
Hey, jetzt reicht es nicht mehr,
Sprich du, o Seele.

Die Zeiten, in denen ich dich betrachte,
Und die Berührung, die ich dort spüre.
Tiefer in meinem Geist,
Alles, was du fühlst, o Seele.

O du, meine Seele!
Spüre meinen Atem: deinen;
O du "das Verlangen,"
Du singst Stille
Dass meine Seele die deine besingt
Als ob Honig einen Bach füllte!

O du! Ein Flug zu meinem Traum
Schwebt über dem Himmel;

Berührung der Wolken
O wunderschöner Himmel!
Füge deine Worte der Beständigkeit hinzu
Für diese unermüdliche Reise...

Philip Isukapati

Umarmung Und Ewigkeit

O unruhige Gewässer;
O du, ein blauer Himmel!
Dein makelloses wirft ein makelloses
In eine singende Melodie...
Oh, die Reichweite deiner Seele;
Das Verlangen nach einem brennenden Streitwagen,
Für dich "mein Atem"
Ich ertrage es zu heben!
Du steigst auf meinen Wagen;
Wirbel herum...
Die Melodien einer Nachtigall:
Oh, lass meine Lippen singen.
Ich schaue dich an...
Entlang der Schichten dieses mystischen Nebels;
Singe Melodien von dir
Um dich zu erreichen, „O Seelenpartner."
Diese wehenden Winde;
Das Verlangen, ein brennender Wagen
Durchbohrt mein Herz:

O du mein Atem.

Du wirst mein

Herumwirbeln,

Und umarmen, um zu küssen

In deine Ewigkeit, o Liebe!

O Deine Verbindung

O Reisen,
O deine Verbindung!
O meine Bindung,
Wenn ich dich nicht erreiche...
Du versteckst dich im Wald!
Wenn mein Herz dich nicht erreicht,
Ich zündete ein Lagerfeuer an;
Ein emotionaler Aufruhr.
Erhebt sich hoch zum Himmel,
O du mein " das Verlangen."
Mein Herz begehrt
Dass du mein bist.
Ein Freund in dir,
Oh! Ein wahrer Freund;
Ich begehre dich.
Ein tief eingepflanzter Wunsch,
Du nicht mein, um mein zu sein!
O Reisen;
O deine Verbindung!

Mein Herz! O Dunkelheit!
Suche immer noch nach dir...
Und noch immer suche ich nach dir.

Philip Isukapati

Suche nach dir

Ich suchte den Himmel über mir;
Ich suchte nach der Gelegenheit.
Kühl-kühl berührte ich,
Das Verlangen " deine Umarmung."

Ich suchte in der Dunkelheit;
Ich erreichte das Mondlicht.
Kühl-kühl berührte ich,
Das Verlangen " deine Umarmung."

Kühl-kühl du kommst,
Lass du bringen, O Feuer!
Dich, einen seltsamen Freund,
O Liebe! Du kommst allein.

Im Mondlicht gesucht,
Dich " Ich suchte " sogar einen Himmel.
O Dunkelheit! Ich weine!
O Küsse! O Küsse im Himmel!

Ein Bild der Wildnis

Wie ein Bild der Wildnis,

Du stehst still im sanften Regen.

Dein Blick auf mich, indem du mich rufst...

O deine makellose Schönheit.

Ein Traum wird wahr

Den Weg zu deiner Seele ebnen

Indem du deine glorreiche Melodie singst.

Die Zeit vergeht,

Die Wildnis bringt Tränen zurück,

O zarte Blume mein.

Du fliegst fort zu einem weit entfernten Ort,

O meine Seele schreit,

Wenn dein Schweigen verstummt.

O Jugend,

Du zeigst eine weit entfernte Trance.

Dennoch suche ich dich, wie ich dich suche.

Ich weine

Während ich um dich weine; ein Strom meiner Tränen,

Meine Seele erfüllt dich,

Oh, ein Bild der Wildnis!

Philip Isukapati

Verehrer der Jungfrau

O Herr!
Ich werde hier drinnen stehen,
Dein Wunsch ist nicht weit von deinem entfernt.
Ich bin fern, doch ein Ruf von dir
Fügt das Geheimnis deiner Seele hinzu...

Lasst Vögel in der Tiefe fliegen.
Ich schleppe mich zu dir,
Wie du dich nicht in dem stickigen Schlamm abmühst.
Deine Gnade bewahre ich...
Begrabe dein Geheimnis; gewähre mir Frieden!

O Herr!
Du zitterst nicht im tückischen Nebel,
Als Flug zu den Flügeln bin ich mit...
Verschlinge dein Leben in der Wonne meines Kusses;
Begrabe dein Geheimnis; begrabe mich tief.

O Herr!
Der Weg zum Himmel ist dein Weg;
Die Liebe precia so tief im Inneren...
Du suchst mich, oh, ich bin dein!
Wenn du nicht suchst, werde ich wild verprügelt.

O Herr!
Das Geplauder der Jungfrau
Durchdringe tief wie eine Jungfrau des Waldes;
In einem frechen Knoten,
Sie wirbelt herum, um mich herumzuwirbeln.

Eine Zeile in meinem Sonett

O ihr Meinen,

Ich eile zu deiner Nähe,

Aber wo im Norden "mein Fund?"

Während du weit weg wanderst.

Feenträume einer feurigen Geschichte sind vom Osten.

Du bist nicht mein roter Rosentraum!

Doch dein Gedicht ein violetter Schatten des Westens...

Du belästigst nicht meinen Feentraum,

Doch die Schritte eines fremden Wunsches.

O Niederschlag deiner Seele,

Unterschiedlich, während ich mich im Osten zurückziehe.

Der Sturm des Nordens fällt in meinen Hinterhof

Mich tief im verzierten Labyrinth zu begraben.

O dein Abdruck! Eine wunderschöne Zeile in meinem Sonett.

Tränen im Wind

Oh! Die Duschen eines Mesmeristen.

Deine Worte des Geistes fließen in einem Fall: einem Wasserfall.

Deine Worte schneiden in die Felsen der Berge

In Schluchten so tief und verletzlich.

Ein Junge der Wolken, du fliegst vorbei...

In die Waldtiefe seiner Tiefe;

Zu den Worten des Mesmeristen.

Du füllst ihren Honig tief ein

Wie ein Schluck Wein deiner Worte - süß!

Sie fällt zu Boden; erstarrt

Während sie aufwacht und tief läuft,

Wild in die Berge;

Wild in die Schluchten...

Oh, ich finde ihre "Herausforderung" im Wind!

Oh, ich höre ihre Tränen im Wind!

Die Prinzessin! O Prinz!

O ihr Meinen,

Die Prinzessin des Westens:

Du fliegst in den Osten deiner Exotik.

O ihr Meinen,

Der Prinz des Ostens:

Du fliegst in den Westen deines Exotischen.

Wo in den Winden trefft ihr euch?

Oh, schau in den Himmel und staune...

Wo in den Wolken überquerst du?

Oh, schau dich um, wild zu staunen!

Nach einer dunklen Nacht verirrt,

Oh, eine "Flöte" pfeift einen Hoffnungsstrahl.

O Prinzessin! O Prinz!

Deine Seelen treffen sich im fernen Osten!

O Aish! Oh, ein Traum!

O Aish...

Oh, ein Traum!

O Da Vinci! Du hast eine Skizze verpasst.

O Shakespeare! Deine Worte verfehlten sie,

O Wordsworth! Dein versus vermisste sie auch

Doch nie verfehlten meine Gedanken oder Worte, O Aish!

O Aish...

Oh, ein Traum!

In der waldigen oder stygischen,

O Schönheit! Du verfeinerst.

Du strahlst deinen Glanz

Von deiner Pracht in Anmut.

O Aish...

Oh, ein Traum!

Du kennst mein Wimmeln nicht!

Oh, erfüllt von deinen Gedanken,

Für einen Traum, den du nicht definierst

Aber ein Lächeln...

O Aish...
Oh, ein Traum!
Ein Lächeln; eine Million Lächeln
O Picasso! Du hast eine Skizze verpasst.
Du kennst ihre Lächeln nicht:
Ja, ihre abscheulichen Innereien...
O Aish... Oh, ein Traum! O dein Lächeln!
Aber für meinen Traum: Ich lächle.

Der Krug Und Wein

O deine Wonne:
Ein Krug und Wein!
Du singst leise tief in die Nacht hinein
Während ich zu dir komme, barfuß.
O mein Schrei! Du hier nicht
Aber lache wild in die Wildnis.

O deine Wonne:
Ein Krug und Wein!
Du scherzt durch die Nächte
Während ich halbnackt zu dir komme.
O meine Spur siehst du nicht
Aber nimm mich wild in dein Wildes.

O deine Wonne:
Ein Krug und Wein!
Ich komme in Honig in voller Freude.
Oh, meine Schatten nimmst du nicht wahr...
Du gießt Nächte in berauschenden Wein

Aber nimm mich wild in dein Wildes.

O deine Wonne:
Ein Krug und Wein!
Du schleichst nicht mein
Aber eine Dame näher.
O mein Schrei! Du hörst nicht
Doch ich trage, wie ich trage, das Wilde eines Unkrauts.

O deine Wonne:
Ein Krug und Wein!
Die Dame dein tanzt wild.
Aber beuge nicht deine Füße
Während du zu deinem Mut tanzt,
Doch ich trage, wie ich trage, das Wilde eines Unkrauts.

Die Dame einer Nacht - 1

Oh, du " dir,"
Du kennst deine Anmut nicht;
Du kennst dein Opfer nicht:
Oh, "du" Göttin der Freude;
Das Paradies des Mannes...
Dein Name sei wohlgefällig.
Oh, du & "dich",
Die Dame der Nächte:
Die Begierde, die dich gefangen hält
Von den Berauschten und Elenden
Wird keinen Raum lassen, außer dich zu bluffen.
Oh, die Dame der Nächte,
Du eine Freude zu betrachten...
Oh, „dich,"
Du weißt nicht...
Dir, die Freude, bereitet ihm Freude.
Oh, nimm auf dich:
Der Schmerz der Dunkelheit.
Oh, bin ins Wilde gebracht worden,

Dich, eine schwarze Magierin;

Ein befleckter Name,

Du trägst den Schmerz, um ihm Freude zu bereiten!

Die Dame einer Nacht - 2

Oh, du " dir,"

Ein Mythos der Welt!

Du kennst deine Stärke nicht

Welches den Durst des trübsinnigen Mannes löscht.

Du rettest Jung und Alt: die Opfer

Von seinem fleischlichen Vergnügen, um sich zu besänftigen.

Sag, „sie,"

Du, der Ausschweifende,

Aber du nicht wie du des Menschen löschst;

Sag, „sie,"

Die Göttin böse,

Aber du nicht als du eine Unzahl rettest.

Oh, du Schwachstelle des Unschuldigen

Von Belästigung, Entführung, Vergewaltigung und Mord.

Die Dame einer Nacht - 3

Oh, du & "dich",

Deine Anmut verlierst du,

Während er deine Freude erlangt.

Während die Welt dich brandmarkt,

Für das Vergnügen, das er fährt:

O verlassene Seele, du verlierst deinen Zauber.

Du kennst keinen Ort zum Leben;

Fahre in die Wildnis, um elend zu leben

In Armut und bitterer Not.

Zukunft weiß nicht, wie du "die verbrannte Kerze",

Meine Seele, o deine Seele!

Weine; weine heftig in der Dunkelheit des Lebens;

Flehe die Himmel an, um Frieden zu gewähren...

Oh, du " dir! "; Oh, du " dir! ".

Die Reise

Ein freudiger Frühling ist näher;
Meine Reise sieht dort kein Ende,
Wie vorüberziehende Winde zu den Bächen eilen.

Während Zeitalter im kalten Windsturm warten,
Damit diese Momente erneut einen Morgengrauen besuchen;
Zerstreue meine Seele in einem sanften Sonnenlauf.

Mein Schicksal fängt Feuer
Da ich mit der Aura eines Unbekannten bin
Was Wildheit in ein Parfüm verwandelt.

Jeder Tag geht über in ein wundersames Gebäude;
Das Drama beendet seinen Mythos hier nicht,
Doch macht sie mich zum Gefangenen ihrer Träume.

In den Wäldern, die niemand kennt,
Die Reise endet abrupt an der Klippe des Berges;

Nur um mich zu einer unbekannten Glückseligkeit zu führen.

Die Reise lacht, während sie flüstert,

"Ich weiß es nicht, aber Gott weiß es."

Eine zarte Seele in Faszination; Ernüchterung.

Flüstern in der Lagune

Geheime Flüstern an den sandigen Stränden:
Verzauberung des Nebels, oh, blaue Gewässer!
Mich verzaubert diese betörende Lagune.
Oh, die berauschenden Gewässer und ein Schwimmen!

In diesen verletzlichen Gewässern stehend,
Wir beginnen das Mysterium des Lebens.
Da die Reise hier eine Geschichte erzählt,
Diese Lagune ist erfüllt von ihrem heimtückischen Abbild.

Sich lange hinter den Winden versteckend,
Die Liebe läuft wie eine Verlorene,
O mein Herzschlag:
Du stehst im Regen; verschleiere reichliche Tränen!

Unaufhörliches Reden oder Lachen dieser Winde,
Oder Wärme des Winters zwischen uns:
O umarme "deine Winde", die im Regen schreien,
Alles schön, aber gruselig!

Philip Isukapati 85

Ein bisschen Angst vor der Dunkelheit der Wildnis;

Während wir das Sonnenbad bewundern,

Führe ein bisschen Ritterlichkeit oder mehr aus;

Verbreite Liebe über diesen wunderschönen Ort hinaus.

Während diese Schönheit in unseren Füßen zu Traurigkeit wird,

Ich habe "ein bisschen" Angst

Aber lass dir nicht einmal einen Zentimeter für die Wildnis,

Wie diese grenzenlose Liebe uns in die Tiefe führen kann.

Den Geruch eines Tieres in den Bächen wahrnehmen,

Ich habe "ein bisschen" Angst

Oh, bevor es sich in ein schattiges Dickicht verwandelt,

O Floß, muss sicher zurückkehren.

O Duft "verbreitet im Wald"

Während wir weit bergauf zum Sprung laufen werden;

Wir treten mit mehr Freude auf,

Als Flöße sicher in den Himmel segeln werden.

Ein Niemandsland

Oh, meine Gedanken!

Durchdringe ein Niemandsland-

Obwohl die Nächte näher kommen,

Das Schicksal hält mich auf den Beinen.

Ich hinterlasse ein Morgenlächeln für einen Mitternachtstraum.

Doch weit weg schleppe ich mich dahin „O mein Morgenlächeln."

Himmlische Klänge sprudeln hervor,

Oh, meine Seele in die Wälder:

Nimm mich fort und weit in die Tiefe fort

Zu deiner unberührten Schöpfung.

Ein wilder Schrei hoch zu den Himmeln

Wo Jingles dein Lied bewahren.

O Lied der Ewigkeit und des Friedens;

Ein Niemandsland der Einsamkeit.

Philip Isukapati

Verwirrt

Ich sehne mich danach, "das Ende" zu sehen.

Doch meine Boote sind weit weg an der Bucht.

Das Heu zur Bucht bringen,

Ich löse ein Boot, um meinen Weg zu segeln.

Während ich eine dunkel-verblassende Nacht durchquere,

Eine seltsame Linie, nach der man schnitzen kann,

Da "das Ende" so allgegenwärtig ist,

Ich nehme nicht dich wahr, sondern einen Anfang.

O mein Gedankenschwert,

Sag mir, wo im Segel stehe ich?

O mein Gedankenschwert,

Sag mir, wo in der Zeile "das Ende" steht.

Hallo! Ich werfe, O dein Wurf!

Das Segel voraus ist der Anfang;

Die Saiten der Vergangenheit „das Ende."

Der Fußballer

Oh, diese grünen Weiden!
Schön, wie sie für immer sind,
Doch sie klagen so tief,
Und weine für jemandes,
Für die Fußspuren von jemandem,
Während sie sehr lange und laut weinen.

Der Fußballer:
Er ist wie ein Panther,
Schneller als der Mercedes;
Schärfer als der listige Fuchs.
Rücksichtsloser Schlächter verbirgt sich in seinem Inneren
Den Beute mit seinen mächtigen Füßen zu plündern.

Der Fußballer:
Der Zauberer auf seine Füße,
Während der Ball nach seinem Takt tanzt.
Er ist schlank und dünn.
Oder hocke dich hin wie ein echtes Biest;

Läuft, als wären Pferde seine Füße!

Die Füße, die in Anmut liefen
Erzielte reichlich zu seinen mächtigen Füßen.
Jedes ist eine Leistung für sich!
Viele Zuschauer verzaubernd
Wer den Ball und den Fußballer liebt,
Und sterben für den Mann, der den Ball schlägt!

Kaffee und Romantik

O meine Schöne!

Du erstaunlich beeindruckend.

O meine Fantasie!

Du, der Duft, der sich überall ausbreitet.

O meine Fantasie!

Jemand könnte deinen Raum durchkreuzen.

Du wartest immer noch zu lange...

Oh, wie lange?

Direkt hinter Geschichten und Jahr für Jahr:

O meine Schöne!

Wie ein wilder, kühler Morgen,

Du durchdringst meinen Raum.

O du, ein Klang des Morgens,

Nimm meine Hand mit Stolz.

Du sagst, dieses "Datum" ist lebendig:

O wunderschön! Du wartest im Café.

Wie ein Flussabschnitt,

Das Warten ist so lang.

Wie das Fließen eines Flusses,

O Liebe so nah.

O Hauch von Olive, wild und süß

Während du meinen intimen Raum durchdringst.

Da das Warten so lange dauert,

Halluziniere! O du Halluzination!

Viele Stunden, Tage und noch viel mehr...

Es war eine lange Wartezeit,

Da das Date im Café gerade angekommen ist.

Du schaust misstrauisch, oder du weichst scheu zurück

Während Einblicke von mir ein Versprechen von Rosen bieten,

Und biete einen Kaffee der Romantik an.

Jetzt bin ich hier mit einem Versprechen;

Ein Kaffee von lieblichem Duft.

Ich erkenne einst dir einen verlorenen Traum

Aber für immer

Wurdest mein Besitz, o Elfenbein!

Während ich dich näher halte,

Dein Herz schlägt klarer.

Dein Name in meinem Sinn,
Ich spüre deine Lebensfreude in Beständigkeit.
Eine Spur in deinen Augen ist eine Spur von mir.
Dich, "die Seele mein,"
Liebe, dass deine Seele mein ist.

Philip Isukapati

Jemand, den ich kenne

Jemand, den ich kenne: liebt mich innig,
Aber ich frage mich, ob sie aufrichtig ist.
Wenn ich sie frage,
Ihre Tränen fallen schwer und trostlos.

Sie sagt: "Schau mir in die Augen, sie sagen die Wahrheit."
Aber ich frage mich, ob ihre Augen die Wahrheit sagen.
Sie sagt: "Schau auf mein Herz, es schlägt für dich."
Aber ich frage mich, ob ihr Herzschlag wirklich aufrichtig ist!

Sie sagt: "Das Gefühl meiner Berührung ist für dich."
Aber ich frage mich, ob das, was sie sagt, wahr ist!
Sie zuckt zusammen in ihrem Weinen und entfernt sich weit
Während sie in verzweifelter Hoffnungslosigkeit zum Himmel aufblickt.

Sie läuft weit weg, um zu erschaudern.

O ihre Herzschmerzen...

Sie ist gebrochen und gedemütigt.

In voller Wucht rennt sie, oh, sie rennt!

Die eisigen Winde der dunklen Nachthimmel

Friere ihre Tränen ein, während sie in einer Cabana schläft.

Warm von ihrem Morgen wischt sie ihre Tränen ab

Während sie um die Winde einer Gottheit wandelt.

Dort gleitet sie auf ihren Füßen, um niederzuknien

"Wie sie sagt: 'Strecke meine Hände aus, oh Liebling,'"

O weh! Sie jammert...

Sie klagt mit ihrer gedämpften Stimme.

O sternenhelles Mondlicht,

Wische ihre Tränen, während sie für ihn betet,

Sie betet: "O Liebe, mein Liebling, komm herein"

"blauer Wind Mond und wirbelt zu meinem Herzschlag."

Sie erhebt sich zu seinem Nagel, um das wahre Gefühl seines zu spüren

"Wie sie sagt: 'O Schmerz: ein Elend deiner Sande,'"

O weh! Sie ruft: "O Liebling, komm und komm näher."

Oh, er kehrt zu seinen Winden zurück; fliegt weit weg!

Jubiläum

Oh, ich suchte dich in meiner Jugend;
Ich habe "thee" überall gesucht...
Im tiefen Wald, als ich nach dir suchte.

Du spielst immer mit meinem Herzen
In der Luft und in meinen Träumen,
Und auch in meiner Vorstellung.

Du hebst deine Fersen und umarmst mich fest
Indem man in einem einzigen Sprung hinaufklettert:
Eine Freude lebst du in meinem Herzen!

Nun weiß ich, wo du wohnst,
Da ich mich um jeden Zentimeter deines Lebens sorge:
Oh, lass mich für dich davonlaufen.

Der Himmel stürzt ein, während du mich sicher hältst.
Du eine unverwundbare Festung!

Was kann ich dir als Gegenleistung zahlen?
Ich weiß wirklich nicht, wie ich dir danken soll?
Während ich in deine wunderschönen Augen blicke,
O zitternde Stimme! Du äußerst so viel Liebe.

Jahrestag ist zu feiern.
Ein wilder Kuss und Honigfluss,
Für eine immerwährende Erinnerung, die lebendig bleibt.

Eine Blume für meinen Freund

O Freund!
Diese Blume von mir,
Eine Gabe der Wahrheit,
Die Wahrheit, die dich definiert:
Mein Duft des Lebens.

O Freund!
Dieser wunderschöne Garten,
Und Funkeln deines Lächelns:
O Faszination! O Wahrheit,
Oh, wirbelt mich fort.

O Freund!
Wie ein Wind des Waldes,
Oder wie ein Kielwasser der Welle,
Du nimmst mich mit, oh, nimm mich mit
An einen Ort weit weg und zu weit weg.

O Freund!
Du bist eine wunderschöne Flora
Für eine Weile in meinem Garten,
Du versteckst dich vor mir...
Wie Schönheit sich vor dir in der Wildnis ausbreitet.

O Freund!
Während du dich als Königin schmückst
Wie Schattierungen des Mondes,
Oder wie die Krone der Rose,
Du lachst unschuldig, oh meine Zerbrechliche!

O Freund!
In diesem wunderschönen Garten,
Ich bin verzaubert und versklavt!
Bitte nimm mich mit in deine Welt.
Eine Königin "dich", während ich versklavt bin!

Eine sehnsüchtige Wartezeit

Regentropfen fallen einer nach dem anderen;

Tränen im Traum dort nach einem Schatz.

Auf die Schultern fallen beim Erreichen eines Klaviers

Eine bleibende Melodie leiser drehen.

Oh, hoffe dich zu erreichen, um zu verschwinden

Während ich für dich singe "Liebe so tief."

Bis zu den Zeiten, die du im Himmel hörst,

Ich singe unaufhörlich, bis die Einladung kommt!

Ein Lied der Leidenschaft lebt für dich,

Obwohl ich dieses gebrochene Lied höre!

Melodien, die überschwänglich überfließen,

Doch du nicht nahe bei mir.

Während die Tage vergehen,

Immer verblassend und beeinflussbar!

Du, die Regung einer feinen Melancholie,

Nach einer langen Zeit versteckst du dich.

Ich suche dich in langen Wartezeiten,

O du, du Kostbare!

Du weißt nicht, dass ich nicht so lange warten kann,

Doch dich von einem Unwirtlichen tragend! O Liebe!
Meine Seele!

Eine Prüfung

O wilder Windtraum!
O dir eine Prüfung!
O Seele!
Deine Seele!
Ich weine nicht meine Seele.
Oh, weine nicht...
Höret nicht das meine;
O Schrei meines Herzens...
Du schreist zu deinem heiligen Gebot;
Zu deinem Pfad "verdreht."
O du ändere nicht dein Schicksal,
Wie dein Pfad sich von deinem Gang unterscheidet.
Oh, dein Meister spricht,
Wahrnehmen,
Ob man es wahrnimmt oder nicht...
Ich erblicke dich,
Ein Fremder von mir...
O deine Seele nimmt nicht wahr,
Noch schreie deine Seele.

Berühre nicht die Seele, die dich sucht!
Dein anderer Weg, o Seele!
Das Schicksal spricht nicht meinen Weg.
Oh, weine nicht und versuche es nicht,
Wie majestätisch ist dein Pfad!
O meine Seele schreit,
Für dich, nicht für mich, schreit meine Seele...

Vorhänge des Westens

Oh, dein Duft und eine Lilie
In deine Tiefe lebe ich;
O Meister, du sprichst nicht:
Du sprichst nicht, sondern deine Seele...

Oh, dein Duft und eine Lilie,
Du verbirgst einen Blumenstrauß:
O Vorhang des Westens,
Warte, "deine Herrin" auf deinem Weg...

Du sonnst dich nicht an einer Flussbucht;
Du sprichst nicht meine Sprache.
Du murmelst oh, du murmelst!
Warte, "deine Herrin" an der Bucht...

Oh, dein Duft und eine Lilie
In deine Tiefe lebe ich;
O Vorhang des Westens,
Du weinst nicht deinen Weg zum Osten meiner Bucht.

Philip Isukapati

Freude an Worten

Du verbreitest Süße, wie Worte eine Freude;

Du verbreitest Freude, wie du ein Glanz bist.

O tiefe Stille; du sprichst Fülle:

Eine herrliche Stille in deiner tiefen Innerlichkeit.

Wie Blütenblätter einer Rose, lass deine Worte knospen,

Um die Schönheit zu erheben, lass sie erblühen.

Wie ein Wasserfall, lass deine Worte fallen,

Um dem Wasser Süße zu verleihen, lass sie fallen.

Wie eine Honigbiene, lass deine Worte fliegen,

Um Honig zu bringen, lass sie fliegen.

O wie eine Jungfrau! Lass deine Worte Anmut verleihen

Um deine Worte stolz zu präsentieren, lass ihre Anmut walten.

O du Sanfte: deine Worte...

In zarter Flora verbreitest du deine.

Lass dein Wörterbuch süß und zärtlich buchstabieren.

Nur um zu gefallen; nur um zu gefallen!

Erstaunliches Dich

Oh! Erstaunlich dich,
So schön sind deine Augen;
In deinen Augen ist ein Spiegel.
In deinen Augen finde ich "mein Spiegelbild".

Oh, wenn ich dich lächeln sehe,
In deinem Lächeln finde ich "mich selbst".
Oh, wenn ich dich weinen sehe,
In deinem Schrei "ich selbst" finde ich.

Solch wunderschöne Augen, die deinen so weit geöffnet;
In dir finde ich „meine ganze Welt".
Solch wunderschöne Augen, die deinen so weit geöffnet;
In dir finde ich „meine Ewigkeit".

Oh! Erstaunlich dich,
So schön sind deine Augen;
In deinen Augen ist ein Spiegel.

In deinen Augen finde ich "mein Spiegelbild".
Oh, wenn ich dich allein sehe,
Du bist wie der Mond am lebendigen Himmel;
Wenn ich dich in einer Horde sehe,
Du bist der Glanz unter allen.
So schön ist deine Welt:
Du mit solch schönen Augen
Beschwöre eine ewige Gnade...

Oh! Erstaunlich dich,
So schön sind deine Augen;
In deinen Augen ist ein Spiegel.
In deinen Augen finde ich "mein Spiegelbild".

Oh, während du im Garten bist,
Du bist die Rosen in Rot;
Während du in meinem Herzen bist,
Du bist die Prinzessin der Ewigkeit!
Wenn ich deine wunderschönen Augen sehe,
Du bist an meiner Seite in deinen Augen;
Ich sehe die Ewigkeit in dir... Ich sehe die Ewigkeit!

Fliege wie ein Schmetterling

Ich bin in deinen Armen,
Fliege wie ein Schmetterling...
Alle meine Gedanken,
Die Meinung ändern...
Du und ich werden in meinem Auto wünschen,
Es mag richtig sein,
Es könnte auch falsch sein,
Zoom zoom zoom zoom,
Zoom zoom zoom zoom.
Ich bin in deinen Armen, fliege wie ein
Schmetterling...

Wie ein Regentropfen wird der Nebel fallen;
Meiner Seele Liebe, unverändert O Liebe.
Ein Lagerfeuer wird still,
Lippen werden all das Süße austauschen...
Du und ich werden in meinem Auto wünschen,
Es mag richtig sein,
Es könnte auch falsch sein,
Auf den Wolken fliegen...

Lass uns auf den Wolken fliegen!

Zoom zoom zoom zoom,

Zoom zoom zoom zoom.

Ich bin in deinen Armen, fliege wie ein Schmetterling...

Lächeln des Windes, das mein Herz berührt;

Fliege meines Traums, die dein Herz erreicht.

Der Schmerz meines Herzens verblasste.

Moment, ich finde Trance ist mein Weg...

Du und ich werden in meinem Auto wünschen,

Es mag richtig sein,

Es könnte auch falsch sein,

Auf den Wolken fliegen...

Lass uns auf den Wolken fliegen!

Zoom zoom zoom zoom,

Zoom zoom zoom zoom.

Ich bin in deinen Armen, fliege wie ein Schmetterling...

Ein fremder Freund

O du, ein fremder Freund!

Wie weit reist du?

Oh, du darfst nicht reisen

Doch sprich zu mir, wahr!

O du, ein fremder Freund!

So weit zu reisen...

Oh, du darfst nicht reisen

Doch sprich zu mir, wahr!

Ein Boot von dir während eines Sturms,

Ein Pfad von mir während eines Sturms,

O du, ein fremder Freund!

Dennoch sprichst du zu mir, wahr!

O du, ein fremder Freund!

Du kennst nicht mich, sondern nur meine Worte...

O du, ein fremder Freund!

Du kennst nicht mich, sondern nur meine Verse...

O du, ein fremder Freund!

Du kennst nicht mich, sondern nur meine Poesie...

O dieses Geplauder der Winde, wahr oder falsch,

Ob dieser Zauber wahr oder falsch ist,
Aber ich werde dir Hinweise auf meine Spuren geben.
O Seele! Du lebst in diesen Worten
Den Worten der Verse verliebt in Poesie.
O du, ein fremder Freund!
Wie weit reist du?
Oh, du darfst nicht reisen
Doch sprich zu mir, wahr!

Der Experte

O du "der Experte"
Sie sagen dir,
"dem Schicksal unterworfen"
Aber nein, ich sage...
O du "der Experte"
Sie sagen dir,
"dem Rat untergeordnet"
Aber nein, ich sage...
O du "der Experte"
Sie sagen dir,
"untergeordnet gegenüber der harten Arbeit"
Aber nein, ich sage...
O du "der Experte"
Sie sagen dir,
"dem Lehrer untergeordnet"
Aber nein, ich sage...
O du "der Experte"
Woher in den Winden kommst du?
Schicksal, Führung, harte Arbeit oder Lehrer

Oder woher?

Der Experte:
Hey, ich bin ganz allein, um dein Lied zu singen!
Eine Vorliebe verwandelte sich in Leidenschaft;
Ich bin die Leidenschaft meiner selbst.
Erbaute eine Welt, oh, eine unverwundbare: der Experte.

Der Künstler

O stellvertretend...
Du verübst Raum
wie die Belastung:
O du "das Übernatürliche,"
Du sollst weder vortäuschen noch heucheln.
Weit im Osten lebst du,
Aber weit des Westens malst du.
Meine zarte Ausschreibung:
Der Ästhet in dir!
Oh, die Magie des Deinen:
Dein erlesener Geist, O du malst den deinen;
Dein wollüstiger Geist, O du malst den deinen;
Dein Geist ist böse, o du, der du dich schminkst!
O du "Schatten deines Geistes,"
Du weinst nicht, sondern skizzierst ein Weinen.
O stellvertretend...
Du suchst deine Arbeit,
O du! Die Freude, die du den Augen schenkst;
Deine Augen entwerfen, während meine Sinne sich hingezogen fühlen.

O du die Freude, du prägst unsere Herzen:

Du lässt uns lächeln, lachen oder tanzen;

Du machst uns traurig, untröstlich oder bringst uns zum Weinen;

Du erschaffst einen emotionalen Aufruhr und mehr.

O du handle, male, singe, schreibe oder tanze,

O du, die Einsicht „der Künstler".

Ein Hungerschrei - 1

Verfallene Tage, verwittert im Winterwind

Während Sorgen im Regen eines Wirbels tobten.

Der Zerbrechliche litt Qualen in der sengenden Sonne.

Als unangenehme Erinnerungen eines exzentrischen Traums stachelten.

Eine unberührbare Geburt; das unausgesprochene Elend

Direkt aus dem Mutterleib entsprungen:

Oh, unzählige Übel explodierten, um Schaden anzurichten.

Entlang der Essenz der menschlichen Existenz,

Gelebte Zerbrechlichkeit in den Fängen barbarischer Reißzähne.

Als eingehüllte Mühsal in der zivilisierten Vision,

Eingebettet in ein brutales Massaker an unterprivilegierten Geburten:

Jenseits des menschlichen Einflussbereichs platziert; Freiheit.

O Gott! Könnte es Gedankenfreiheit geben, um eine Mahlzeit löffelweise zu servieren?

O Gott! Könnte es eine Befreiung von dieser immateriellen Sklaverei geben?

Alles für die Freiheit von Hunger!

Alles für die Freiheit von Hunger!

Schwache Gemurmel; ungehörte Stimmen sind unaufhörlich, während ein bestialischer Drache ihr Elend in den einsamen Qualen der Hungernächte hört, während ihre Leben verschwinden! Verschwinde!

Ein Hungerschrei - 2

Oh, Himmel der Freiheit...
Du zeigst Anmut;
Deine Gnade auf diese Seelen:
Die Seelen der Beraubten.

Oh, Himmel der Freiheit...
Du kümmerst dich liebevoll;
Deine ausgestreckte Hand über diese Seelen:
Die Seelen der Unglücklichen.

Oh, mächtiger Vater...
Du vom Himmel;
Deine zärtliche Heilung,
Lass dich unter den Betrübten verbreiten.

Oh, mächtiger Vater...
Schicksal eines Bösen;
Nur von deiner Macht,
Keine Besänftigung mitbringen!

Oh, mächtiger Vater...
Du diskriminiertest;
Du dezimiert,
Wie diese Leben ins Elend stürzen!

Ein Hungerschrei - 3

O heiliger Wind...
Du sollst meine Welt nicht abschirmen:
Ein Leben "ohne Hoffnung."
O heiliger Wind...
Zeige nicht dein Gesicht.
Die Scham, vor der du zurückscheust.
O heiliger Wind...
Du kennst mein Schicksal nicht:
Mein Schrei, du schaffst einen Weg.
O heiliger Wind...
Du kennst keinen Weg
Um meine Tränen wegzuwischen.
O heiliger Wind...
Du kennst meinen Weg nicht:
Meinen Weg machst du zum Sterben.
O heiliger Wind...
Mein Hunger bis zum Tod:
Du weißt nicht "warum?".
O heiliger Wind...
Weinen? Oh, ich weine... vor Hunger weine ich;
Du kennst nicht meinen Schrei...

Ein Hungerschrei - 4

O Hunger!
Wie weit soll man wandern?
Die Wälder oder ihre Bäche,
Kenne nicht deinen Hunger.

O Hunger!
Bisher ein Rinnsal:
Die Wälder oder ihre Bäche,
Lösche deinen Durst nicht.

O Hunger!
"wo?" im Winter:
Die Wälder oder ihre Bäche,
Fülle nicht deinen Tunnel.

O Hunger!
O weine nicht! Weine nicht:
Die Wälder oder ihre Bäche,
Du findest nicht; oh, du trocken - O trocken...

O Hunger!
Dein Schicksal das deine, oh, nicht meines:
Die Wälder oder ihre Bäche,
Nicht kümmert dich, o Herr.

O Hunger!
Wie weit soll man wandern?
Die Wälder oder ihre Bäche,
Kenne nicht deinen Hunger.

Philip Isukapati

Ein Hungerschrei - 5

Oh, Schicksal!
Wie? Ich singe eine Melodie dein...
Oh, mit diesen gebrochenen Saiten.

Oh, Schicksal!
Wie? Ich erreiche eine Wohnstätte dein...
Oh, in diesen kaputten Rädern.

Oh, Schicksal!
Wie? Ich berühre zärtlich dein...
Oh, in diesen wirkungslosen Gliedern.

Oh, Schicksal!
Du änderst nicht mein Tor;
Du änderst nicht mein Datum.

Oh, Schicksal!
Das Tor zum Betreten der Trostlosigkeit;
Ein Termin, um mein Schicksal zu bestimmen.

Oh, Schicksal!
Du kennst mein Schicksal nicht,
Während es an deinem Tor stirbt!

Ein Hungerschrei - 6

Oh, Geruch der Ruhe;
Pferde vom Feinsten,
Aber wo am besten
Ruhen meine Glieder?
Während der Fahrt in den Hügeln,
Soll meine Rechnung machen...

Oh, Schnabel einer Ente;
Auslese der Herde,
Aber wo am Netz
Deine Zungen quaken?
Während des Segelns in einem Sturm,
Soll zum Schaden fahren...

Oh, Schwarm einer Horde;
Gier des Verlangens,
Aber wo in einer Horde
Dein Herz breitet sich aus?
Während Korn der Welt,

Soll eine Knappheit herbeiführen...

Oh, Schrei deiner Seele;
Spricht der Meister,
Aber wo am Himmel
Es ist alles gehört?
O Seele! Wie meine Seele,
Eine Falle, oh, ich kann es nicht ertragen...

Ein Hungerschrei - 7

O verräterischer Wind;
Honig zum Trinken,
O Honig nicht mein
Aber von deinem!
Oh, die Weiden vertrockneten;
Diese Blumen sind verwelkt,
Aber die Honigbiene dein,
Oh, bringe es nicht zu mir.
O verräterischer Wind;
Ein Wein zum Speisen,
O dieser Wein nicht mein
Aber von deinem!
Oh, die Stimmen ausgetrocknet;
Diese Musik hörte auf,
Aber der Wein ist dein,
Oh, bringe es nicht zu mir.
O verräterischer Wind!
O verräterischer Wind!
Honig zum Trinken
Aber oh Liebling, nicht meins!

Ein Hungerschrei - 8

O Zug! Reise zum Schmerz,
Ich höre die Hupgeräusche...
Nein, es hört hier nicht auf.
Oh, Menschen meines Schicksals,
Gequetscht und dezimiert,
O Schmerz! Lieber den Zug verpassen.

Oh, dieser Zug bis zum Ende!
Zusammengedrängt und umklammert...
Oh, Menschen meines Schicksals,
Schmerz bis zum Ende:
Gequetscht und dezimiert,
Oh, Menschen meines Schicksals.

Oh, Dunkelheit!
Du verbirgst mein Licht;
Oh, halte meinen Gang auf.
Oh, Menschen dieser Dunkelheit,
Niedergetrampelt und besiegt:
Oh! Du verbirgst Tränen "Kavalkade".

Ein Tag Nr. 24

O Morgen; O Nacht!
Du erzählst meine Stunden am Tag.
O du, der Schreiber;
Der Mann oder die Frau,
Du erzählst meine Stunden am Tag.
O' Uhr; meine Uhr,
Auf deine vierundzwanzig zählend,
Oh, du sagst es falsch!
O Seele!
Des Mannes; die Frau,
O Traum! Mein Traum!
Lauf auf den Weiden,
Lauf wie das Biest;
Triff das Ziel...
O Seele!
Des Mannes; die Frau
Während Hindernisse dein Ziel belagern.
Oh, lade den Mann ein, gegen dein Ziel zu kämpfen!
Oh, lade die Dame ein, gegen dein Ziel zu kämpfen!

Oh, Einladung von hinten oder aus der Ferne!

Zertrete das Biest, das umgibt;

Schwärme deinen Bienenstock, um standzuhalten.

Oh, jetzt bist du ein Team - eine Nummer;

Du die Horde zu jagen.

Ein Tag ist keine vierundzwanzig,

Während du eine Zahl bündelst;

Lass die vierundzwanzig die Zahl treffen.

In Vielfachen: dein Schwarm...

Hallo! Eine Stunde, nicht eine verkürzte Stunde

Aber Leben in mehreren Mannstunden!

O Spiegel

Ich blicke auf den Nebel, o Spiegel!

O Blick! Sie wird dort sein, die Winde durchquerend.

O feuchte Augen!

Suche nach "thou" Liebe:

Ich blicke auf die nebligen Winde! O dein Spiegel!

O Blick, ich bin da! In deine Augen!

O fühle! Meine Gefühle! Du fühle!

Halt ein! Halte deinen Atem näher...

O fühle! Mein Herz fühlt:

Dein Herzschlag für mich, wie er sich anfühlt.

O Leben! O Leben!

Für deine Liebe leben.

" Frage " oh, dein Herz fragt,

Gib! O Seele, ich kann geben...

O Atem! O mein Atem! Erreiche sie!

Verliere! O Seele, wenn ich dich je verliere...

Oh, ich kann sein...

O Himmel! O Himmel!

Ich kann im Himmel sein, um zu treffen...

Du und ich,

O Liebe! Treffen im Himmel!

O Ströme

An den Meeren; O Ströme!
Heitere Stille umfängt mich.
Zwischen den Hügeln; O eisige Kälte!
Mein Herz singt...
Jenseits des Ostens; der Westen,
Dort auf dem Wind des Ufers!
Beim Anblick einer Freiheitsspur,
Staune, o Wolke! Donner wächst.
O du bringst deine frischen Schauer,
Für ein freudvolles Leben, oh freudvolles Leben!
Oh! Lass die Welt in den höheren Himmeln zurück
Bei den vergessenen Worten des himmlischen Schatzes!

Philip Isukapati

O Liebe! O Paradies!

Wie lange bleibst du weit weg?

Wie lange bleibst du ruhig?

O Liebe! O Paradies!

Ich warte im Garten;

Ich warte in der Nähe deines Streuners.

Spuren meines Duftes,

Klopfen an deiner Tür;

Folge deinen Fußspuren.

Wie lange bleibst du fern?

Wie lange bleibst du ruhig?

O Liebe! O Paradies!

Du verbirgst mein Licht;

Höre nicht mein Klagen...

O "der Wille" von mir,

Du verbirgst einen Sturm;

Höre nicht mein Segel...

O sanfter Wind,

Du bietest ein Date an;

Laufe nicht vergebens...

O Liebe! O Paradies!
Wie lange bleibst du weit weg?
Wie lange bleibst du ruhig?

O spanische Vokale

O spanische Gesangsstimmen;
Das Schlagen der Gitarren...
Du spannst einen Traum;
Deine Saiten singen mein Thema.

O spanische Gesangsstimmen;
Eine Dame in der Lampe...
Für die Jugendlichen und ihren Tanz;
Für die Jugendlichen und ihre Trance.

O spanische Gesangsstimmen;
Das Schlagen der Gitarren...
Für die anspruchsvollen Geister sollst du leben;
Für die verrückten Alten, während sie rasen!

O spanische Gesangsstimmen;
Eine Dame in der Lampe...
Oh, deines Schattens Tanz zu ihrer Trance;
Unbekümmert von der Jugend lass du Marmelade.

O spanische Gesangsstimmen;

Du eine schattige Chance...

Erschüttere deinen gefürchteten Streich zu ihrer Trance.

Oh, Dame in der Lampe soll eintreten.

O spanische Gesangsstimmen;

Deines Schattens Tanz, oh Trance...

O Exotika; fesselnde Musica:

Du lebst jenseits von Kulturen in Verfeinerung.

Flattert im Wind

O Herz!

Ein ruhiger Morgen;

Mein Herz flattert in den Winden...

Ein Gurren des Vogels;

Viele Zwitschergeräusche...

O Herz!

Fühle mein Lied:

Erstaunlich, oh, wunderbar...

O Herz!

Spüre meine Sinne:

Erstaunlich oh, tief im Inneren...

O Herz!

Schlag deine Saiten an;

Erhöhe die Gesangsstimmen für ihr Zuhören...

O schrill! Du seist süß.

O Schmerzen! Du seist sanft.

O Herz! Lass dich schnell laufen.

O Morgen! O gelassen!

Du flatterst die Winde in deinem Zauber!

O Morgen! O Sänger, sing!

Du vergeudest eine Chance; du vergeudest einen Zauber!

Philip Isukapati

Innerer Raum

O du, ein Blick!

Der Blick des Universums,

Du durchquerst die Tiefe und sie ist in dir.

O du, ein Blick!

Der Blick der Erde,

Du kommst tief und es ist darin.

O du, ein Raum!

Ich betrachte den Raum um dich herum

Aber kauft nicht, denn es kostet eine Million.

O du, ein Geist!

Dich ein Blick zum Träumen,

Ein Traum, Weltraum zu kaufen.

O du, ein Geist!

Blicke auf deinen Raum,

Wie tief im Inneren...

O du, ein Geist!

Schau nach innen, O erkenne:

Du sprichst etwas Unbezahlbares.

O Herr! Du bist...

Du, gegeben ein Raum,
Nur drinnen, O mein! O Herr!
O Geist! Du liest nicht...
Dein Raum im Inneren; sein Wert,
Du erkenne nun, o dein Geist!
Der Raum für deine Augen: kostspielig;
Der Raum im Inneren, oh unbezahlbar!

O Jugend! O Hübsch!

O Jugend! Du läufst davon...

O wie hübsch! Du läufst davon...

Mit meiner Seele fliehst du davon!

Du fliehst in einen tiefen Zufluchtsort.

O Hafen! Du beschützt meine Jugend.

Voller Fantasie! O Fantasie!

Du fährst seinen Weg...

Der Weg nahe einem geschäftigen Handel, du sollst schwanken!

O Prahlerei! Du Angeber!

O Fantasie! O wie hübsch!

O Schloss! O Traum!

Du kommst zu einer Party: O schließ dich an! O schließ dich an!

Schließe dich deiner Jugend an! Mach mit an diesem Tag!

Zum Tausch! O Handel!

O Jugend!

Du reist eine Strecke,

Oh! komm zu einem Jahrmarkt:

Eine Fahrt, die eine Stute zum Blühen bringt!

Oh, denke nicht nur ans Paaren,

O Händler! O Händler!

Du suchst eine Weile...

Oh! Du suchst, o du Wagemutiger!

O Schloss! O wie hübsch!

Einem Traum erlegen;

Einem Preis erlegen!

O Händler! Du eine Stute...

Habe es zu diesem Tarif gekauft!

O Jugend! O wie hübsch!

Nun wurdest du verkauft!

Du wurdest an einen Kaufmann verkauft: Oh, für einen Handel!

Oh, er überquerte die Berge; nahm dich mit

Als er über raue Winde segelte; Ströme!

Er zeigte die Himmel, nahm dir aber deinen Frieden!

O Jugend! O Herz!

Dein hübsches: O Ehrgeiz „erfüllt."

Oh, aber nun, da du betest:

" O Gott! O Ehrgeiz! Gib mir meine Jugend zurück!

O weine; ich weine; O suche! Für dich, die Jugend!

Philip Isukapati

O Natur! O Fülle!

O Natur! O Fülle!

Du nimmst mich mit in deine Wildnis,

Und beschatte mich nicht, damit ich nicht verblasse.

O Farben! In Beständigkeit gipfelst du.

O Farben! Beschatte mich in deinen Schatten:

Du dunkel zu grau, beschatte mich mit all deinem Zauber.

Es gab eine Zeit, da vermisste mein Herz all meine Schattierungen,

Doch ging sie in ihrem Tempo davon: O du, Farbe des Lebens.

Ich sah sie in Rosa; die Dame neben ihr auch.

Aber ich zwinkerte, als ich sie deutlicher sah.

O vergessener Traum!

Ich erinnere mich an all die Farben, die du trägst,

Da du einen Duft in meinem Gespür wahrgenommen hast.

O Farben! Beschatte mich in deinen Schatten;

O Farben! Beschatte mich nicht, damit ich nicht verblasse.

Neblige Tage fliegen hoch, O neblige Tage zum Weinen!

O fürchte nichts! Winde oder Stürme!

Du beugst dich, aber ich bin nicht zum Vermischen! O Natur! O Fülle!

Ich fliege auf diesen Schmetterlingen, um auf deinen Streitwagen zu fahren.

Ein Sturm! O Winde! O neblige Tage zum Weinen,

Doch schattiere mir deine Farben; schattiere mein tiefes Lila...

In deiner Weisheit beschatte meinen Geist; mit Liebe malst du mein Herz!

Meine Trancen tanzen

O Verzauberung deiner Trancen!

Verzaubere mich, während du mein Herz nimmst.

O Verjüngung! O Jugend!

Verhaftet mich, wie ihr meine Seele beschlagnahmt.

O Glanz deiner Zartheit!

Dein, O mein! O verrückter Traum.

In den ertrinkenden Wassern noch mein,

O Verzauberung deiner Trancen!

In den indischen Inseln; zu deinem Pförtchen:

Du verzauberst mich zum Singen;

Du verzauberst mich zum Tanzen!

Ich besuchte eine Laube in schlummernder Nacht;

Meine Jugend besuchte die Regenschauer der Sommerzeit.

Ich sah dich gerade innerhalb einer sich kräuselnden Wolke;

Erstaunt bei deinem Anblick, als ich meine Einsamkeit aussprach.

Herrlich! O göttlich!

Ich habe viele Gelegenheiten verpasst, woraufhin,

Als ich wild in deine Wildnis hineinraste, in einen meiner Träume.

Als ich aufwachte, ein Traum der deine, O deine Parade

Wie ein zartes Blütenblatt widerstandest du meinem Hauch.

Oh, dein Anblick trieb einen mystischen Glanz

Als eine weitere Nacht verging.

Ich rannte zum Nebel, als du mir ausgewichen bist.

Der Nebel, der mich in die Vergessenheit entführte -

Ja, ich versuche, eine Erinnerung zu vergessen, die zu süß ist -

Ich kam wieder zur Gemeinde im Schicksal meines Rendezvous;

Ich schloss meine Augen zum Gebet, konnte aber nicht beten.

Während ich ein wenig nach draußen eilte, um mich zu verirren,

Ich hörte den Schrei meiner Seele: O Einsamkeit, nach der ich schreie!

O Schluchzen! Neben meinem Extrem ist deines...

Ich sagte, komm mit mir; komm mit.

Als die Winde stark in meinem Tempo wehten,

Widerstand mir, um zu deinem allein zu gelangen!

Ich fühlte einen Traum und versuchte, meine Sachen zu vergessen.

Aber konnte nicht, da du wahr zu sein scheinst -

O mein Schicksal, sagte ich zu mir selbst, während ich diese Winde allein verfluchte.

Und griff in die Gemeinde hinein, um ruhig zu bleiben, um zu beten.

Mein Herz flog einen Traum davon zu laufen.

Aber eine Kupplung, die meinen Atem aus der Ferne festhält.

Außerhalb der Gemeinde suchte ich nach meinem Traum, um den ich weinte!

Blieb dort zu lange, aber in Ruhe.

Es war in meinen Jugendtagen an einem Liebestor.

Ich überquerte Flüsse, die vor mir in meinem sprudelnden Schicksal lagen.

Jemand hinter mir, den ich tief in den Gängen spürte -

Oh, ein Traum, sagte ich; lief hinter dem Verweilen einer Fata Morgana her.

Aber ich ließ meinen Hintern nicht zurück, während ich in die Ferne lief.

Ich besuchte weit entfernte Himmel und besuchte eine Gemeinde dahinter.

O mein Herz! O mein Herz!

Konnte dich in diesen rosigen Eindrücken nicht wiederfinden.

Auf dem Gipfel des Berges stehend schreie ich:

O mein Herz! O mein Herz!

Ich habe dich wieder vermisst; ich habe mein Leben vermisst!

Nur Trancen tanzen mein Lächeln in meinen tiefen Brüllen.

O Tanz! O Trance! Und mein Lächeln.

Als Tage von verwitterten Winden vorüberzogen,

Die Blumen wehten den Staub meines Berges weg.

Während Wolken deinen Dämmerschein davontrugen,

Mein Herz floh zurück zu den Tagen deines schimmernden Heiligtums.

Warte darauf, dich in symphonischer Glückseligkeit zurückkehren zu sehen,

Jeden Tag besuchte ich die weit entfernte Gemeinde für ein heimliches Treffen.

In meinem Gebet und in meiner Suche nach dir,

Jeden Tag besuchte ich die weit entfernte Gemeinde für ein heimliches Treffen.

O Schmerz meines Herzens im trockenen durchnässten Himmel,

Immer noch bin ich hier mit deiner Erinnerung,
während ich schluchze.

Auf der Suche nach meinem Traum in der
ausgedörrten Melancholie,

O Dame! Ein Traumbergwerk kam an einem
wundersamen Tag an.

Du kamst allein an einem ruhigen Tag

Zu meinem Gemach, in dem ich allein war für eine
Geschichte.

Du warst nähergekommen; näher an meinen Traum
heran,

Hielt meine Hand, um mich zu den Winden zu
führen, die davonrauschen.

O Winde! O Mystiker! O Wunder!

Ich frage mich! O Dame-meiner-Träume!

O Verzauberung deiner Trancen!

Verzaubere mich, während du mein Herz nimmst.

O Verjüngung! O Jugend!

Verhaftet mich, wie ihr meine Seele beschlagnahmt.

O Glanz deiner Zartheit!

Dein, O mein! O verrückter Traum.

In den ertrinkenden Wassern noch mein!

O Verzauberung deiner Trancen!

Der Dichter

O ihr, die Musen!

Du sprichst Wunder,

Wie du auf wundersame Weise sprichst.

O ihr, die Musen;

Du sprichst nicht...

Bleibe zurückhaltend;

Dein Geist spricht.

Die Seele, O dein Geist...

Du Zauber,

Worte im Inneren, aus dem Inneren!

Die Suche nach deinem Traum,

Nein, kein Meister...

Als du "der Wille" deines Geistes,

Oh, der Meister ist dein;

Worte deines Reimes,

Beruhigt meine Seele...

Oh, die Winde der Zeit,

In der Gemeinde singe Lieder der Deinen.

Meine tiefe Widmung an jemanden "Der Dichter".

www.ingramcontent.com/pod-product-compliance
Lightning Source LLC
LaVergne TN
LVHW041950070526
838199LV00051BA/2967